COINCÉE AVEC MON BOSS !

www.editionsbookmark.com

WHITNEY G.

COINCÉE AVEC MON BOSS !

Traduit de l'anglais par
HÉLÈNE BRÉGEON

Infinity

Edition originale américaine parue sous le titre : The Office Party

Traduction © Hélène Brégeon
Suivi éditorial © Alex Loiseau, Angélique Romain
Correction © Audrey Lancien
Maquette © Gabe Reyes
Illustration de la couverture © Okay Création

ISBN: 9791038115170
Existe en format numérique

www.editionsbookmark.com

À toi.
Tu avais raison…

Prologue

Noël dernier

URGENT :
Note interne de West Média

Très chers employés,

Les fêtes de fin d'année approchent à grands pas. À cette occasion, j'aimerais vous rappeler personnellement que vous n'êtes pas autorisés à prendre de congés ou à vous mettre en arrêt maladie pendant cette période de l'année.

Étant donné que certains d'entre vous ont récemment fait des demandes auprès des ressources humaines pour avoir des jours de congés aux alentours de Noël, permettez-moi de vous remémorer ce que je vous ai dit le jour où je vous ai engagés :

Pas de vacances au mois de décembre.

Pour moi, Noël rime avec journée de quatorze heures de travail.

Votre présence au séminaire est *obligatoire.*

Il n'y a pas d'exception à cette règle, qui s'applique également aux cadres supérieurs et à moi-même.

Je suis impatient de vous voir à la soirée de lancement, durant laquelle notre partenaire touristique nous révèlera la nouvelle destination de notre séminaire annuel de deux semaines, tous frais payés.

N'oubliez pas d'apporter le cadeau que vous aurez choisi d'offrir à votre (vos) collègue(s), afin de respecter notre tradition de père Noël secret.

Sauf si vous tenez à vous retrouver au chômage.

Cordialement,
Garrett West
PDG de West Média International

PS : C'est toujours un plaisir de me montrer si généreux envers vous.

L'industrie du divertissement ne dort jamais, alors, nous non plus.

Chapitre 1

SAVANNAH

Noël dernier
Punta Cana, République Dominicaine

— Tu es sûre que ton patron est d'accord ? demande ma sœur cadette, Georgia, en détachant sa ceinture après que notre avion a atterri. J'aurais juré t'avoir entendu dire qu'il ne laissait jamais *personne* prendre de vacances à Noël.

— C'est tout l'intérêt de la manœuvre. J'ai planifié ce voyage à la perfection. Une fois qu'on aura passé deux nuits ici, il ne pourra plus rien faire pour m'obliger à aller au séminaire. Le plus gros des intempéries aura déjà atteint la côte et tous les vols auront été annulés. Surtout en sachant que Teresa est censée être une tempête de catégorie quatre.

— Attends, *quoi* ?! s'exclame Georgia, les yeux écarquillés. Tu m'as juré que la saison des ouragans se terminait en novembre !

— Je suis sûre qu'il essayera de me contacter par e-mail, à ce moment-là.

Je n'arrive pas à arrêter de parler. Je suis trop excitée à l'idée d'échapper au séminaire.

Échapper enfin à Garrett West.

J'ai commencé à organiser ce voyage il y a six mois. Cet ouragan surprise et hors-saison doit être le cadeau de Noël que m'offre l'univers.

C'est ma récompense pour avoir progressé dans l'entreprise plus que quiconque en trois ans, tout en résistant à l'envie irrépressible d'étrangler Garrett West jusqu'à ce qu'il rende son dernier souffle.

En tant que conseillère principale, je connais ses habitudes sur le bout des doigts. Je sais qu'à cet instant précis, il se trouve dans son jet privé, direction Hawaï. Il est adossé contre son fauteuil et sirote son whisky préféré en affichant un sourire prétentieux et arrogant. Dans quelques minutes, il passera en revue les rapports que je lui ai envoyés, avant de m'adresser une liste interminable de «modifications fortement recommandées» ayant pour seul objectif de me pourrir la vie.

— Tôt ou tard, il va finir par se demander pourquoi je ne suis pas là, c'est certain, pensé-je à voix haute en souriant. Mais je ne vais pas le laisser me torturer avec ce séminaire ridicule, cette année. Pendant le vol, j'ai programmé des e-mails automatiques pour répondre à chaque question qu'il est susceptible de poser. Alors, il ne devrait pas remarquer mon absence avant un moment.

— Tu veux bien revenir en arrière et me dire à quel point cette tempête est censée être dangereuse ? demande Georgia. C'est de ça que j'ai envie de parler, pour l'instant.

— C'est la première fois que je travaille pour quelqu'un qui est à ce point obsédé par son boulot. À l'écouter, tu croirais qu'il soigne le cancer. Je t'ai déjà expliqué sa politique en matière de jours de congé, n'est-ce pas ?

Elle me regarde avec de plus en plus d'insistance.

— L'ouragan, Savannah… Parle-moi de *l'ouragan.*

Je secoue la tête.

— Franchement, qui a envie de passer Noël avec les mêmes personnes qui te rendent dingue toute la semaine ? Certains d'entre nous aiment rentrer chez eux pour voir leur famille, en fait.

— J'abandonne.

Georgia se lève et récupère son sac dans le compartiment à bagages.

— Tu sais, pour être honnête, tu ne viens quasiment jamais à la maison, pour les fêtes. Et d'ailleurs, tu es un peu accro au travail, toi aussi. Je ne t'ai toujours pas pardonné d'avoir apporté ton ordinateur portable à ma cérémonie de remise de diplôme.

— J'avais une affaire *urgente* à régler, et je me suis excusée un million de fois.

— Tu t'es excusée deux fois.

— Quand bien même, je n'ai rien à voir avec Garrett West, rétorqué-je en attrapant mon sac avant de suivre ma sœur sur la passerelle d'embarquement. Je suis parfaitement capable de me couper du travail et de lever le pied.

Comme pour illustrer mon propos, j'éteins mon téléphone et le range dans ma poche arrière. Puis, je règle une alarme sur ma montre, à l'heure où je devrai le rallumer.

En suivant les panneaux, je nous conduis jusqu'à la douane. Nous attendons pendant une demi-heure que les agents vérifient nos passeports. Enfin, nous récupérons nos valises et nous dirigeons vers le hall.

Un homme en chemise hawaïenne arbore une pancarte où est écrit « Bienvenue au paradis, Savannah et Georgia Grey ! ».

— Bonjour et bienvenue à Punta Cana, mesdames ! lance-t-il en souriant. Je m'appelle Emilio et je vais vous conduire jusqu'à l'hôtel Excellence. Avez-vous besoin de quoi que ce…

Il est interrompu par le tonnerre qui gronde au loin, suivi de plusieurs éclairs.

— Je remonte dans ce foutu avion, déclare Georgia. Il n'est pas question que je meure aujourd'hui.

— Ne vous en faites pas pour ça, mademoiselle, assure Emilio en tendant la main pour récupérer son bagage. Le ciel bleu va revenir d'une minute à l'autre. C'est seulement un orage de fin d'après-midi.

Elle hésite quelques secondes, avant de lui donner sa valise.

Souriant toujours, il ouvre le coffre de son SUV noir et y range nos affaires avec précaution.

Avant de prendre la route, il nous sert deux coupes de champagne et tend à Georgia une assiette remplie de fraises enrobées de chocolat.

Pendant le trajet, je ferme les yeux et repasse mentalement en revue les étapes de mon plan, pour être sûre d'avoir bien mis les points sur les «i» et les barres sur les «t».

Envoyer un faux certificat médical, check.

M'être assurée que mon équipe a deux mois d'avance sur le projet, check.

Demander au voisin d'accrocher des ballons «Bon rétablissement, Savannah» devant chez moi demain matin, check.

— Oh non, pas du tout, mademoiselle !

Le rire grave d'Emilio me tire de mes pensées.

— Notre hôtel est conçu pour résister au pire des ouragans, et le plus gros de la tempête va frapper loin de là où nous sommes.

Je jette un œil en direction de Georgia, qui ne semble pas rassurée le moins du monde. Elle serre son sac contre sa poitrine et se balance d'avant en arrière, comme si nous étions à quelques secondes de l'apocalypse.

— J'ai tout vérifié, deux fois, murmuré-je. Tout ira bien. Fais-moi confiance.

Elle m'ignore et continue à mitrailler notre chauffeur de questions à propos de la météo.

Le ciel ne tarde pas à redevenir bleu, comme Emilio l'avait prédit et, alors que les derniers nuages gris disparaissent, nous arrivons au bout d'une impasse.

L'énorme portail en bois de l'hôtel Excellence s'ouvre et je manque de me décrocher la mâchoire. La végétation luxuriante qui s'offre à nous n'a strictement rien à voir avec la jungle bétonnée de Manhattan.

Je rallume mon téléphone pour faire des photos, mais, avant même que j'aie le temps d'en prendre une, un message apparaît à l'écran.

Pire patron (ne pas répondre) : On m'a dit que vous aviez attrapé une bactérie «mangeuse de chair» et que vous ne pourriez pas vous joindre à nous à Hawaï… C'est vrai ?

Je sais que je ne devrais pas répondre, que je ferais mieux de l'ignorer jusqu'à mon retour à Manhattan, mais c'est plus fort que moi.

Moi : Oui. Je n'ai jamais autant souffert de toute ma vie.

Pire patron (ne pas répondre) : Je suis désolé de l'apprendre, mademoiselle Grey. Ce n'est pas de chance. J'espère que vous serez bientôt remise sur pieds.

Moi : Merci beaucoup pour votre sollicitude, monsieur West. J'espère sincèrement que la « fête » à Hawaï se passera bien sans moi. (Je tenais à vous dire que j'avais vraiment hâte d'y aller. L'hôtel avait l'air incroyable !)

Il m'envoie trois autres messages, mais je ne les ouvre pas.

À la place, je mets mon téléphone en silencieux et prends un maximum de photos du paysage verdoyant qui défile devant nos yeux.

— Bon, je vais peut-être te pardonner de m'avoir emmenée ici, finalement, annonce Georgia. Cet endroit est absolument magnifique.

Une fois que notre chauffeur s'est garé devant l'hôtel, le concierge nous accueille en nous offrant des fleurs.

— Nous vous avons surclassée, mademoiselle Grey, m'informe-t-il. Notre gérant regrette de ne pas pouvoir vous recevoir en personne et vous transmet ses salutations. Veuillez me suivre, s'il vous plaît. Le portier s'occupe de vos bagages.

Nous nous laissons guider à travers un dédale de hauts palmiers et de bâtiments en pierre blanche. À chaque virage, nous croisons des jardins et des piscines d'un bleu étincelant, puis nous arrivons devant une villa isolée.

— Voici la plus belle suite de l'hôtel, déclare notre guide.

Il ouvre la porte, dévoilant un univers luxueux.

Tandis qu'il nous fait visiter les lieux, j'ai du mal à contenir mon enthousiasme.

Accès direct à une piscine privée, avec vue sur la mer. Majordome personnel et service de literie de luxe. Alcool et desserts à volonté.

Et pas l'ombre d'un Garrett West.

Après qu'il nous a montré une autre piscine située sur le toit, Georgia fait sauter le bouchon d'une bouteille de champagne et je me laisse tomber sur une énorme bouée en forme de flamant rose.

— On porte un toast ? propose-t-elle. Le premier est en ton honneur.

J'attends qu'elle ait fini de me servir.

— Non. D'abord, je lève mon verre à ce séminaire obligatoire où je ne mettrai pas les pieds…

***

Le lendemain matin, je me retourne dans mon lit à quatre heures, par habitude. Mon cerveau est calé sur les horaires de Noël de West Média, j'allume donc mon ordinateur portable et commence à consulter mes e-mails.

À ma surprise, Monsieur West ne m'a pas envoyé le moindre message, et la seule chose que je dois faire en urgence est remercier le collègue en charge de mon cadeau cette année : Jerry, du marketing. Il m'a offert une carte cadeau Starbucks, un mot disant « J'espère que tu aimes ce genre de lecture. » et *Comment survivre à un patron tyrannique* en livre de poche.

J'en possède déjà trois exemplaires et j'ai écouté la version audio un bon nombre de fois, mais je lui réponds que je suis « ravie » d'avoir un nouveau livre à lire.

Un autre e-mail attire mon regard – une tâche qui ferait s'arracher les cheveux à monsieur West –, et, sans même m'en rendre compte, je demande un café au room service et me mets à travailler sur des projets, laissant les minutes se changer en heures.

— Tu es déjà en train de travailler pendant les vacances ? demande Georgia en entrant dans ma chambre vers dix heures, vêtue d'un bikini rouge vif. Tu as encore une *affaire urgente* à régler ?

Je referme mon ordinateur et le pose sur le lit.

— Pas du tout. On peut se détendre quand tu veux, je suis prête.

— *Prouve-le*, ordonne-t-elle en croisant les bras sur sa poitrine.

Sous son regard suspicieux, j'enfile un bikini et relève mes cheveux en un chignon, puis j'attrape quelques serviettes de bain avant de la suivre jusqu'à la plage.

Alors que nous installons nos transats près du rivage, le concierge de l'hôtel vient à nous, une enveloppe blanche à la main.

— Mademoiselle Grey ? J'ai un message urgent à vous transmettre.

— Votre gérant en fait un peu trop, plaisantai-je. Ce n'est pas grave qu'il n'ait pas pu nous accueillir en personne, c'est promis.

— Cela ne vient pas de notre gérant, mademoiselle. C'est de la part d'un certain monsieur Garrett West.

— De la part de *qui* ?

Ma voix se brise.

— Quel nom avez-vous dit ?

— Garrett West, de chez West Média, répète-t-il en déchiffrant ce qui est écrit sur l'enveloppe. Il dit que c'était urgent et que vous devez absolument le lire.

Tout semble se figer autour de moi et je secoue la tête, incrédule. Il ne peut pas savoir que je suis ici, c'est impossible. Alors, soit je suis en train de rêver, soit l'univers me joue un tour incroyablement cruel.

— Je ne connais personne de ce nom, assuré-je. Il doit y avoir une autre Savannah Grey qui séjourne ici, désolée.

— Votre sœur et vous êtes nos seules clientes dans cette partie de l'hôtel, mademoiselle Grey.

Il avance encore l'enveloppe vers moi, en espérant que je la prenne. Je n'en fais rien.

— Pour des questions de sécurité, nous avons procédé à des vérifications, poursuit-il. Je lui ai même demandé de vous décrire.

— Et alors, il a dit qu'elle était comment ? intervient ma sœur en venant près de moi. Je veux dire, *personnellement*, je ne connais pas non plus de monsieur West. Cet homme pourrait être un harceleur ou quelque chose comme ça.

Il nous regarde, déconcerté.

J'ai très envie de me rasseoir sur mon transat et de profiter du reste de la journée, mais il sort de sa poche un Post-it froissé. Il s'éclaircit la voix, puis se met à lire.

— Je cite : « Elle est vraiment canon, mais, puisqu'il faut que je sois plus précis, elle a des yeux couleur noisette et des cheveux bruns et bouclés, qui mettent en valeur ses traits et rehaussent son teint. Si elle est au bord de l'eau quand vous lui donnerez ce message, elle aura sûrement attaché ses cheveux avec un foulard à pois rouge et noir, vu que, pour une raison que j'ignore, tout ce qu'elle achète est de cette couleur ».

Je dénoue immédiatement mon chignon et dissimule le carré de soie derrière mon dos.

— Je ne porte rien de tel aujourd'hui.

— « Elle porte toujours un rouge à lèvres rouge vif. Quand elle *ment*, elle a tendance à parler très vite, et… »

— Bon, ça suffit, l'interromps-je en lui prenant l'enveloppe des mains. Merci beaucoup de m'avoir apporté ce message.

— Je vous en prie, mademoiselle Grey.

Il nous fait un signe de la tête avant de s'éloigner. Une fois qu'il a disparu, je déchire l'enveloppe et jette les morceaux dans l'océan. Puis, je me laisse tomber dans mon transat et essaye de déterminer où Garrett peut être à cet instant.

C'est le deuxième jour du séminaire, donc il est en réunion logistique avec YouTube.

— J'avais très envie d'entendre le reste de la description, lance Georgia en souriant. Il a dit que tu étais « vraiment canon », il doit être plutôt direct au travail.

— Entre autres choses.

— Il est séduisant ? Ça vaut le coup que je cherche sur Google ?

— Pas le moins du monde, mens-je en pensant à son visage parfaitement sculpté. C'est un trou du cul arrogant et prétentieux, qui a tellement peu confiance en lui qu'il pense qu'un costume à mille dollars peut le rendre désirable. Ce qui est faux.

— Eh bien, c'est triste.

— À pleurer.

Je mets mes lunettes de soleil et essaye de me détendre, en espérant de toutes mes forces que je réaliserai que cette journée n'a jamais existé en me réveillant.

Pitié, faites que cet ouragan arrive plus tôt que prévu.

Chapitre 1 bis

Savannah

Noël dernier
Punta Cana, République Dominicaine

Plus tard dans la soirée…

Georgia et moi prenons la pose sous les palmiers scintillants du hall d'entrée. Nous portons les peignoirs blancs du spa offerts par la maison, surclassement oblige. De plus, grâce au gérant et à la tempête qui se prépare, nous avons la villa pour nous toutes seules.

De gros nuages gris planent au-dessus de l'île et une forte pluie frappe les fenêtres, mais le personnel ne semble pas s'en inquiéter outre mesure.

— Il faut que j'aille chercher un autre serre-tête renne à la boutique de souvenirs, déclare Georgia. Tu en veux un ?

— Oui, mais tu peux m'en prendre un avec une auréole, plutôt ?

— Bien sûr.

Elle attrape son sac à main et se précipite en bas des escaliers. Après m'être assuré qu'elle est partie, je sors mon téléphone et me connecte au forum privé de Troll-ton-boss, que j'ai créé quand j'ai commencé à travailler chez West Média. Je ne résiste pas à l'envie de savoir ce qui se passe au séminaire en ce moment même et bizarrement, j'ai un mauvais pressentiment.

Troll-ton boss, forum 1.0
Objet : Garrett West

Russ76 : Bon. Qui a pissé dans son bol de céréales ce matin ? Qu'est-ce qu'il a aujourd'hui, bordel ?

LilyV8 : T'as vu ça ? Il est encore plus à cheval sur les délais que d'habitude. Est-ce que les cadres savent ce qu'il se passe ? Où est @SavannGrey ?

Heather20 : J'étais en train de boire un lait de poule au rhum sur la plage ce matin quand je l'ai vu qui faisait les cent pas et hurlait au téléphone. Je ne sais pas ce qu'il se passe, mais il est VÉNÈRE (ce qui le rend encore plus sexy, je dois dire).

Russ76 : @LilyV8 Je suis sûre qu'elle n'est pas loin. Quelqu'un connaît le nom de l'eau de Cologne qu'il porte ? Je crois que je vais acheter la même à mon mari.

Heather20 : Ça s'appelle « Satan incarné », MDR. C'est sûrement un parfum à deux mille dollars la bouteille, de toute façon… #offreluiduCalvinKlein

Je fais défiler les autres conversations, et vérifie qui travaille sur quoi tout en réfléchissant à ce qui a bien pu contrarier Garrett.

Est-ce que c'est moi ?

Soudain, j'entends quelqu'un marcher d'un pas lourd juste derrière moi, avant de s'éclaircir la voix.

— Vous n'avez pas du tout l'air souffrante…

Une voix grave que je ne connais que trop bien.

— Votre petite escapade loin de moi vous plaît ?

Bordel de merde.

Retenant mon souffle, je me retourne et me retrouve face à face avec celui qui me pourrit la vie : l'homme le plus sexy qui ait jamais mis le pied à Manhattan. À la place de son costume trois-pièces taillé sur mesure et de sa cravate à cinq mille dollars, il porte un jean et un T-shirt gris foncé qui fait ressortir ses muscles.

Il me fixe de ses yeux d'un bleu profond et son sourire est encore plus mortel que d'habitude.

Pendant quelques secondes, j'oublie qu'il est le diable en personne – et qu'il a fait un vol de treize heures juste pour me surprendre dans un autre pays.

J'ai donc vraiment reçu ce message ce matin…

Ses lèvres se tordent en un sourire narquois.

— Alors ? Vous vous amusez bien, mademoiselle Grey ?

Je déglutis.

— Comment m'avez-vous retrouvée ?

— Vous auriez pu aller au spa à Hawaï, ironise-t-il en jetant un coup d'œil à mon peignoir. C'est moi qui aurais payé.

— Comment m'avez-vous retrouvée ? répété-je.

— Eh bien, étant donné que je suis un patron extrêmement généreux et attentionné, je suis passé à votre appartement pour vous apporter suffisamment de soupe et de plats préparés haut de gamme pour que vous puissiez tenir toute la semaine.

— Vous auriez pu appeler Uber Eats.

— Je me suis dit que ma conseillère préférée valait bien une remise en main propre.

Il s'approche de moi tout en me regardant avec de plus en plus d'insistance.

— Imaginez donc ma surprise et mon état de choc quand j'ai constaté que vous n'y étiez pas. Sans compter que si vous aviez vraiment attrapé une bactérie mangeuse de chair, vous seriez à l'hôpital. J'ai appelé tous ceux de New York.

— J'ai roulé jusque dans le New Jersey.

— Vous n'avez pas le permis, et encore moins de voiture.

Il marque un temps d'arrêt. Il m'excite bien plus que je ne le voudrais – ce qui me retient de sauter par-dessus la balustrade pour retourner dans ma chambre en courant.

— J'ai accueilli l'équipe à Hawaï le premier jour du séminaire et j'ai préféré vous laisser *croire* que vous alliez vous en tirer. Pour ce que ça vaut, sachez que je suis très impressionné par la complexité du plan que vous avez élaboré. C'est sûrement pour ça que j'ai fait de vous l'une de mes principales conseillères.

— C'est trop tard pour être rétrogradée ?

Il sourit, tout en réduisant la distance qui nous sépare.

— À ce propos, de rien pour le surclassement. Je me suis dit que vous méritiez de dormir dans la plus belle suite de cet hôtel.

— Je mérite aussi de passer Noël comme je l'entends.

— Je suis d'accord, répond-il en regardant sa montre. Je vous laisse jusqu'à demain après-midi. Étant donné que la tempête est censée empirer à partir de demain soir, j'ai pris l'initiative de vous programmer un vol jusqu'à Hawaï. Votre sœur et vous prendrez mon autre jet privé.

— Ma sœur ne veut pas partir.

— On s'en va, c'est vrai ?! s'exclame Georgia, qui apparaît tout à coup. *Avant* que l'ouragan arrive ? Et on va à Hawaï ?

— Oui, répond Garrett, sans me quitter des yeux. C'est exactement ce qui va se passer.

Ma sœur laisse échapper un soupir de soulagement.

— Oh, mon Dieu, merci ! Ton patron n'est pas si exécrable que ça, Savannah ! En plus, tu m'as complètement menti à propos de son physique… Wouah, ajoute-t-elle en penchant légèrement la tête sur le côté.

Garrett lui sourit avant de reporter toute son attention sur moi.

En silence, j'articule « je vous déteste » et croise les bras sur ma poitrine.

— Je pense qu'il est plus que temps que vous laissiez tomber ce séminaire de Noël. Cette tradition ne rime à rien.

— Elle a été créée par mon défunt père, que j'aime et que je respecte.

— Vous détestez votre père et il est toujours en vie. Je l'ai aperçu dans un café il y a deux jours.

— Il vous a dit quelque chose ?

— Épargnez-moi le séminaire et vous le saurez.

Silence.

Nous nous fixons. C'est un duel stérile, le même que nous avons tous les jours au bureau. Je refuse d'avancer mes pions.

— Mademoiselle Grey, le jet décollera pour Hawaï à quinze heures.

— Je viendrai à seize.

— J'avais deviné, j'ai donc ordonné au pilote de se tenir prêt à dix-sept heures.

Il fait un pas en arrière et m'observe de haut en bas.

— Si nous n'avons rien de plus à nous dire, je vous verrai au séminaire.

Je me mords la langue. Je le laisse remporter cette bataille et s'éloigner de sa démarche arrogante. À chacun de ses pas, je fais le serment de changer de travail avant le prochain séminaire de Noël.

Ça n'arrivera plus jamais, je ne le permettrai pas.

Un an plus tard

Chapitre 2

SAVANNAH

Noël, cette année
Manhattan, New York

Par pitié, faites qu'elle ne me parle pas, faites qu'elle ne me parle pas…

Je tourne la clé dans la serrure de mon immeuble en grès rouge typiquement new-yorkais, en priant pour qu'elle s'ouvre au plus vite et m'épargne une conversation gênante avec ma voisine.

C'est une obsessionnelle des fêtes de fin d'année, et elle insiste pour que tous les habitants du quartier signent sa « lettre au père Noël magique ». Elle n'arrête pas de dire que cela fonctionne, mais, l'année dernière, j'ai demandé spécifiquement un nouveau boulot avec un patron plus sympa, un bureau au dernier étage avec vue sur Manhattan et un pyjama tellement doux qu'il me forcerait à faire la grasse matinée. À la place, j'ai été promue conseillère en chef de Satan, j'ai eu de nouveaux meubles et des fleurs dans mon bureau actuel, et une crise d'urticaire grâce au pyjama en flanelle que Georgia m'a envoyé.

— *Savannah* ? Savannah Grey, c'est bien vous ?

Et merde. J'esquisse un sourire forcé et me retourne.

— Oui, madame Cole, c'est moi.

— Vous devenez plus belle de jour en jour !

Elle ajuste son chapeau de père Noël, puis s'approche de moi.

— Si votre petit ami vivait ici, je vous aurais invités à l'une de nos soirées privées. Mon mari craque complètement pour vous, vous savez.

Je hoche la tête. Je ne sais jamais quoi répondre quand elle me dit cela, et je suis presque sûre que ces deux-là sont échangistes.

— Enfin bref, il ne reste qu'une journée avant le mois de décembre, vous savez ce que ça veut dire, reprend-elle en sortant une enveloppe rouge à paillettes de la poche de sa veste, ainsi qu'un énorme crayon noir. Il est temps que vous notiez les trois choses que vous voulez que le père Noël vous apporte. N'oubliez pas de cacheter l'enveloppe, comme ça, il saura que vous le prenez au sérieux.

Je lui prends le crayon des mains et me mets à écrire :

1. J'aimerais que ma voisine arrête de croire au père Noël.

2. Avoir un orgasme avec mon petit ami (allez, juste un).

3. Des fêtes de fin d'année agréables, pour une fois.

Je lèche la bande collante et referme l'enveloppe, puis la tends à ma voisine.

— Voilà pour vous, madame Cole.

— Merci, passez une bonne soirée !

— Vous aussi.

J'ouvre la porte, entre, et m'immobilise aussi sec en apercevant mon salon transformé en carte postale de Noël.

Plusieurs grands sapins blancs sont alignés devant ma fenêtre et scintillent de rouge et de blanc. Un petit train étincelant siffle sur le plancher et des guirlandes d'un vert luxuriant sont accrochées un peu partout.

Sur ma cheminée pendent quatre chaussettes et chacune porte un mot en lettres pailletées argent :

Reviens-nous vite, Savannah.

Je me rapproche et remarque le livre que je préférais quand j'étais enfant, ouvert sur la table basse. Au milieu se trouve un mot qui porte l'écriture de ma grand-mère.

Chère Savannah,
J'espère que cela ne t'embête pas que j'aie engagé quelqu'un pour décorer ton appartement cette année.
(Avec ton super travail, je pense que tu pourrais t'offrir une serrure un peu plus robuste ;-))
Je me suis dit que c'est ce qui se rapprocherait le plus de passer Noël avec toi.
Je sais que tu n'as pas le droit de prendre de jours de congés à cette période, mais peut-être pourrais-tu venir me voir après ?
Appelle-moi dès que tu peux.
Je t'aime.
Mamie Hattie
PS : Je leur ai fait mettre mes meilleurs biscuits dans ton réfrigérateur.
PPS : Ta mère ne serait pas très contente de savoir que tu n'es jamais revenue après avoir eu ton diplôme. Ton père non plus. La famille, c'est tout ce qui compte, Savannah.

Je m'approche du petit train et le soulève de ses rails. J'ai perdu mes parents il y a longtemps, victimes d'un accident ferroviaire, et aucune quantité de biscuits ou de séjours dans ma ville natale ne pourra jamais les ramener.

Je reporte mon attention sur les bonhommes en pain d'épice sur la cheminée. Chacun porte le nom d'un membre de ma famille que j'ai laissé derrière moi, à la maison. Je fais courir mes doigts sur les lettres de chaque prénom et m'arrête en lisant celui de Taryn.

Beurk. Je le prends et le décapite de mes dents.

Je ne l'admettrai jamais, pas même sur mon lit de mort, mais même si je m'en plains beaucoup, je suis *un peu* reconnaissante que le séminaire annuel de Garrett existe. Du moins, pour « l'alibi » qu'il représente.

Il me sert toujours d'excuse pour justifier le fait que j'ai arrêté de rentrer dans ma famille.

En réalité, je n'y vais plus, car il y a là-bas un chapitre de mon passé que je n'ai plus envie de lire.

Ou plutôt, un personnage que je préfère oublier.

Je laisse échapper un soupir et me dirige vers le frigo pour sortir les biscuits. Puis, je m'assieds à la table de la cuisine et ouvre mon ordinateur portable.

La soirée de lancement de cette année ne va pas s'organiser toute seule.

***

Quelques heures plus tard, je raye «rappeler à l'agent touristique de ne rien dire à personne sur la destination du prochain séminaire, sans exception» de ma liste de choses à faire et regarde la tâche suivante.

La cérémonie de la rose.

C'est la dernière partie du séjour, calquée directement sur le scénario du *Bachelor*. La journée est consacrée à Garrett remettant des roses posées sur un plateau à chaque cadre, pour déterminer qui aura droit à une augmentation l'année suivante. Ceux qui restent les mains vides ont droit à une leçon de morale sur ce qu'ils doivent améliorer et certains sont invités à démissionner.

Du moins, c'est ce qu'on m'a dit.

Garrett m'offre toujours la première rose sans faire de commentaire, je quitte donc la pièce sans savoir ce qu'il se passe ensuite.

En parcourant les factures, je m'aperçois qu'aucun des éléments nécessaires n'a été commandé. Le fleuriste a communiqué un devis avec une fourchette de prix au lieu d'un chiffre exact, le directeur des ressources humaines ne m'a pas envoyé la liste des personnes qui seront passées en revue et les stagiaires n'ont pas terminé le travail que je leur ai donné il y a deux semaines.

Je soupire et ouvre ma boîte de réception, me retrouvant assaillie de messages dont l'envoi avait vraisemblablement été programmé pour qu'ils arrivent en même temps.

Objet : Besoin de plus de temps pour finir (monsieur West abuse, tu ne trouves pas ?)

Objet : Demande de délai (s'il te plaîîîît. Il doit se douter que ce n'est pas possible.)

Objet : Peut-on avoir une semaine supplémentaire ?

Je sais qu'il vaut mieux que je n'ouvre pas ces messages, pour le moment. Je suis fatiguée qu'ils se servent de notre haine mutuelle envers notre patron pour demander un traitement de faveur.

Même si j'accepte la plupart du temps, je ne peux pas me le permettre aujourd'hui.

Si je cédais, cela voudrait dire un délai de cinq semaines, en plus de celui que je leur ai accordé en octobre.

Je commence à bouillir intérieurement et j'ai très envie de leur répondre à tous «sûrement pas», mais je me retiens.

Ce n'est pas digne d'une bonne cheffe…

Il vaut mieux que j'en parle avec un de mes supérieurs, pour me calmer, mais je sais qu'il n'y a qu'une personne qui ne dort pas à cette heure-ci. Une personne qui répond toujours quand je l'appelle.

Je prends mon téléphone, fais défiler les contacts jusqu'à «Le diable en personne» et appuie sur «Appeler» mécaniquement. Au bout de quelques secondes, sa voix grave me parvient à l'autre bout du téléphone.

— Oui, *Savannah* ?

J'hésite. Je n'ai pas l'habitude qu'il m'appelle par mon prénom, et encore moins que quelque chose qui sort de sa bouche soit aussi agréable à entendre.

Sincèrement, parfois, je déteste que ce soit aussi facile pour lui de m'exciter – et qu'il y arrive alors même que j'ai un petit ami.

— Vous avez l'intention de dire quelque chose ? Ou c'est seulement parce que vous pensez à moi à quatre heures du matin ?

Je peux l'entendre sourire à l'autre bout du fil. Je lève les yeux au ciel.

— Euh, non. Je vous appelle, car je dois vous parler d'une chose importante.

— J'écoute.

— Je rencontre des problèmes avec l'organisation de la soirée de lancement, expliqué-je. Enfin, avec ça et beaucoup d'autres choses. Tout le monde me demande systématiquement des délais supplémentaires.

— D'accord… Et ?

— Je ne comprends pas pourquoi ça se passe tout le temps comme ça. Je leur donne les mêmes délais que ceux que vous m'imposiez à l'époque.

Il laisse échapper un rire bas qui me donne des papillons dans le ventre.

— Merci de m'avoir fait perdre mon temps en vous appelant, m'agacé-je. Je vous verrai au bureau et…

— Je ne me moque pas de vous, m'interrompt-il. Ce qui me fait rire, c'est l'idée que vous espériez sincèrement que vos collègues fassent preuve d'autant de professionnalisme que vous. Si vous leur accordez les mêmes délais, attendez-vous à ne recevoir que la moitié du travail. Donnez-leur plus de temps ou bien engagez plus de personnel si vous voulez que ce soit fait selon *vos* exigences.

Je ne dis rien pendant plusieurs secondes, abasourdie par le compliment qu'il vient de me faire.

— Autre chose, mademoiselle Grey ?

Je m'éclaircis la voix et sors mon agenda.

— Monsieur Warner m'a envoyé un e-mail hier, demandant de repousser d'une heure notre réunion au Rockefeller Plaza. J'ai accepté, mais je dois tout de même partir à huit heures.

— Pour votre rendez-vous avec votre petit ami, c'est ça ?

— Oui.

Je marque un temps d'arrêt.

— On se retrouve pour dîner juste après que son avion a atterri.

— Hum. Vous avez déjà choisi la tenue que vous allez porter ?

— J'hésite encore entre plusieurs options.

— Lesquelles ?

J'ai envie de répondre « ce ne sont pas vos affaires », mais il a un bon sens de la mode. En plus, Georgia m'a suggéré de porter un T-shirt avec écrit « la distance nous rend plus forts » et un jean.

Je me lève et vais dans ma chambre. J'ouvre mon placard, allume et me penche sur ma présélection.

— Il y en a trois. La robe trapèze rose et blanche que j'avais il y a quelques semaines pour la réunion Donovan, la noire que j'ai portée au gala de charité l'année dernière, et une nouvelle, une bleu marine que je n'ai encore jamais mise.

— Le bleu foncé vous va bien, vous devriez mettre celle-ci, déclare-t-il. Où l'avez-vous trouvée ?

— Chez Versace… C'est mon petit ami qui me l'a offerte.

— Vous sortez avec un homme qui se vante d'acheter ses costumes pendant les soldes, je doute qu'il ait mis ne serait-ce qu'un pied dans *ce* genre de boutique, rétorque-t-il.

Je ne prends pas la peine de nier.

Je me retiens de rire et décroche le cintre du portant.

— Merci pour votre aide.

— Tout le plaisir est pour moi.

Un silence.

Dans des moments comme celui-ci, j'ai presque l'impression que nous sommes amis, que nous pourrions peut-être avoir une conversation qui ne se termine pas par moi lui raccrochant au nez.

— Je m'apprêtais à prendre une douche quand vous avez appelé, mademoiselle Grey. Donc à moins que vous ne souhaitiez vous joindre à moi, sans votre petit ami, j'aimerais raccrocher, à présent.

Eh bien, je passe mon tour.

Je mets fin à l'appel et me mets à accorder des délais supplémentaires à mes collègues.

Chapitre 3

Garrett

Noël, cette année
Manhattan, New York

— Monsieur West ! Monsieur West ! Il y a des rumeurs selon lesquelles votre entreprise s'apprêterait à racheter Netflix, est-ce exact ? Cela veut-il dire que vous allez vendre vos parts de YouTube ?

J'ignore les questions des journalistes tandis que je sors de l'Empire State Building. Je viens de leur accorder trois heures de mon temps en les autorisant à poser autant de questions qu'ils voulaient, mais, bien sûr, ce n'est jamais assez.

Je traverse le petit groupe de gratte-papiers et me dirige tout droit vers la berline de luxe de Seth, mon frère cadet.

À la seconde où je ferme la porte, le chauffeur démarre en direction du siège de West Média.

— Tu sais, je crois que c'est la première fois que tu as l'air d'un PDG un tant soit peu impliqué lors d'une conférence de presse, lance-t-il en souriant. J'ai presque cru que tu avais un cœur quand tu leur parlais. Bien joué.

— Je t'emmerde, Seth.

Il rit et sort un paquet vert vif de sa serviette.

— C'est pour toi. Papa voulait que je te le donne.

J'attrape la boîte et la pose entre nous deux.

— Tu ne l'ouvres pas ?

— Pas avant d'avoir appelé les démineurs.

— Il t'a acheté un stylo-plume, explique-t-il en levant les yeux au ciel. Il y a fait graver « Nos anciens Noëls me manquent et je suis désolé », au cas où ça t'intéresse. Il t'a aussi écrit une courte lettre. Je suis sûre qu'elle est un peu différente de celle qu'il m'a donnée, mais…

Je regarde par la fenêtre. Je ne l'écoute plus. Les bouchons sont bien plus intéressants que tout ce que mon père a à dire après toutes ces années passées à me traiter comme un moins que rien.

Quand ma mère nous a quittés, c'est comme s'il avait basculé. Il s'est transformé en connard sans cœur et a élevé ses enfants non pas comme ses fils, mais comme des soldats. En ce qui me concerne, notre relation ne valait pas toutes les années de travail qui auraient été nécessaire pour tenter de la sauver.

Il n'est pas désolé du tout. Il a juste besoin d'argent.

Je laisse échapper un soupir et sors mon téléphone. Je fais défiler les contacts jusqu'au nom de Savannah pour lui envoyer un texto bref.

Moi : Mon père essaye à nouveau de m'amadouer. Combien je lui ai envoyé la dernière fois ? J'ai oublié.

Elle répond instantanément, comme toujours.

S. Grey (Elle ne t'appartient pas…) : Cinquante mille. Je vous avais conseillé soixante-quinze. Désirez-vous que j'envoie le reste maintenant ? (Vous êtes vraiment sûr pour la robe bleue ?)

Moi : Oui, merci. (Sûr à 500 %.)

Je tapote l'écran avec mes doigts ; j'ai envie de demander une photo d'elle portant la tenue, mais je sais que ce serait déplacé.

Tous les deux, on se tourne autour tous les jours, mais sans jamais nous rencontrer. Entre nous, la tension est palpable et omniprésente, mais nous faisons comme si elle n'existait pas.

S. Grey (Elle ne t'appartient pas…) : Non pas que j'accorde de l'importance à votre opinion, car ce n'est vraiment pas le cas, mais puisque vous ne l'avez encore jamais vue, vous pensez que ça va plaire à Joshua ? [img.]

La photo s'affiche à l'écran et me donne immédiatement un début d'érection. La robe a un décolleté très plongeant qui laisse apparaître le haut de son bonnet C. Le tissu moulant met en valeur ses formes et marque sa taille.

Exactement là où je commencerais par l'embrasser, avant d'aller plus bas…

Je prends sur moi pour ne pas lui répondre «Joshua ne vous mérite pas», mais je me retiens.

Moi : La robe est parfaite. Vous pouvez vous remettre au travail, maintenant. Votre bureau n'est pas un endroit pour faire un défilé de mode et je ne vous donne pas un salaire à six chiffres pour vous aider à vous habiller.

S. Grey (Elle ne t'appartient pas…) : *emoji doigt d'honneur*

— Alors, euh… Je ne viens pas au séminaire cette année.

Les mots de Seth me tirent de mes pensées.

— Je te demande pardon ?

— J'avais l'intention de t'en parler hier soir, mais j'ai été très occupé par le projet Yardley. Tu ne me demandes pas pourquoi je n'y serai pas ?

— Pas du tout.

— Eh bien, je vais quand même te le dire. Je vais faire ma demande en mariage à Amélie Foster, la femme que je t'ai présentée, il y a quelques mois.

J'ai l'impression qu'il attend que je lui dise que ce n'est pas grave, qu'en tant que directeur financier, il n'est pas obligé de se plier aux règles et peut s'échapper pour des raisons personnelles.

Je croise les bras sur mon torse et continue à le faire attendre.

Il sort une petite boîte en velours de sa poche et l'ouvre, dévoilant une bague sertie d'un énorme diamant.

— Elle est l'amour de ma vie. Je sais que c'est rapide, mais je n'ai jamais ressenti ça pour personne auparavant et j'espère qu'elle dira oui.

— Amélie Foster travaillait à la comptabilité, tu as commencé à sortir avec elle avant ou après qu'elle a démissionné ? demandé-je.

— Quelle importance ? se moque-t-il. Elle ne travaille plus pour toi, alors oublie tout de suite l'idée d'utiliser ton petit frère pour faire une démonstration de ta poigne de fer.

— Je pose simplement une question.

Il me lance un regard noir.

— Et je refuse d'y répondre. Tu aurais préféré que j'agisse avec Amélie de la même façon que toi avec Savannah ?

— Qu'est-ce que tu insinues ?

— Ne fais pas l'imbécile, rétorque-t-il en haussant les épaules. J'aurais dû rester dans le déni et me concentrer sur mon boulot, c'est ça ?

— Je n'ai aucune idée de ce dont tu parles. Mais je vais *effectivement* faire de toi un exemple, et, si tu ne viens pas comme tout le monde, j'engagerai un nouveau directeur financier en janvier. Tu es censé être mon associé.

— Ton associé pour le *travail*. Pas un psychopathe qui ne vit et ne respire que pour son boulot vingt-quatre heures sur vingt-quatre, rétorque-t-il en levant les yeux au ciel. J'ai une vie, Garrett.

— Moi aussi.

— Vraiment ? lance-t-il, en me regardant droit dans les yeux. Parce que, ces quinze dernières années, tu n'as parlé que de West Média et de tous les films et émissions que tu as produits.

Ce qui est un comble, car je ne crois pas que tu aies vu un seul film en entier depuis des années.

Je cherche un moyen de le contredire, mais c'est la vérité. La plus longue vidéo que je me souviens d'avoir regardée était sur YouTube.

— C'est ce que je disais, reprend-il en ouvrant la portière, tandis que le chauffeur se gare devant le siège. Redescends sur terre.

J'attends quelques secondes avant de sortir dans la neige. Puis, je prends mon temps pour me rendre à l'intérieur. De cette façon, je n'aurai pas à reparler à Seth avant l'heure du déjeuner.

Je prends l'ascenseur jusqu'à mon étage et aperçois un livreur qui cherche la réceptionniste. Il a l'air complètement perdu.

Dans ses mains, des fleurs qui ont l'air de n'avoir plus qu'un jour à vivre, au maximum.

— C'est pour quoi ? demandé-je.

— Une livraison, monsieur, répond-il en me tendant le bouquet. Elles sont pour Savannah Grey.

— C'est impossible, elle est allergique aux lys.

Je suis convaincu qu'elles sont pour quelqu'un d'autre.

— Eh bien, il faudrait peut-être le signaler à l'expéditeur, monsieur.

Il me montre la carte, avant d'ajouter :

— Je ne suis pas responsable en cas de problème après la livraison. Joyeux Noël.

Je baisse les yeux sur le mot.

Joyeux Noël, mon cœur !
Je sais que tu détestes les relations à distance, mais ce n'est que temporaire.

Enfin, bref, j'ai pensé à toi aujourd'hui et je voulais t'envoyer quelque chose de spécial avant qu'on dîne ensemble.
Ces fleurs ont peut-être l'air d'avoir un peu vécu, mais c'est seulement parce que j'ai traversé toute la ville pour trouver celles qui te convenaient le mieux.
J'ai vraiment hâte de te voir ce soir.
Joshua

Note au livreur :
Pouvez-vous vérifier qu'il n'y a pas l'étiquette du prix avant de lui donner le bouquet ? Merci !

Le livreur n'a pas suivi les instructions, puisque je vois encore l'étiquette.

Fleurs coupées depuis une semaine, offre spéciale : 5,99 $ moins 75 % !

J'hallucine.

Chapitre 4

SAVANNAH

Noël, cette année
Manhattan, New York

Troll-ton boss, forum 1.0
Objet : Garrett West

JerryMkting : Est-ce que la personne qui a tiré au sort mon nom pour le père Noël secret pourrait envoyer un e-mail à ma femme en guise de cadeau ? Avec en objet « Toutes mes condoléances, Jerry était vraiment un mec sympa ». Peut-être que si elle croit que je suis mort, elle acceptera enfin de divorcer.

Russ76 : MDR je n'y manquerai pas. En parlant de divorce, la rumeur court que monsieur West a menacé de virer son frère. Quel genre d'enfoiré ferait ça à son propre sang ?

SavannGrey : Le même genre d'enfoiré qui m'envoie chercher un nouveau plateau en argent pour la cérémonie de la rose comme si j'étais une stagiaire. (Quelqu'un a remarqué qu'il en utilisait un « absolument unique » chaque année ? Qui fait attention à ce genre de détail ?)

LilyV8 : Pendant que tu es dans le magasin, regarde s'ils n'ont pas des âmes en soldes... Prends-en deux.

SavannGrey : J'ai déjà vérifié, ce n'est pas notre jour de chance. Pfff. J'avais oublié le père Noël secret. Je tirerai au sort mon « heureux élu » en rentrant au bureau.

Yardley34 : @Russ78 Hier, il m'a obligé à laver sa Maserati parce que je lui ai coupé la route dans les bouchons. Plus rien ne me surprend, venant de lui.

JerryMking : D'accord, j'ai une meilleure idée. À la personne qui tirera son nom cette année, pourquoi ne pas lui offrir dix heures de psychothérapie, par pitié ? Et sinon, on pourrait tous se cotiser pour ça, non ?

Chapitre 4 bis

Savannah

Noël, cette année
Manhattan, New York

En sortant du magasin spécialisé dans l'argenterie, un vent glacial me fouette le visage. Je ne sais plus trop pourquoi j'ai décidé de traverser les deux pâtés de maison à pied au lieu de prendre une voiture avec chauffeur, mais à présent, je regrette cette décision.

Cependant, peut-être que j'ai besoin de prendre l'air.

Maintenant que la West Média n'est plus qu'à deux semaines et demie de la soirée de lancement, c'est la panique totale au bureau, comme à chaque fin d'année. Et même si l'événement se déroule toujours de la même façon, la pression monte quand même.

Les cadres de Disney, Netflix et de toutes les chaînes du câble du pays sautent dans leur jet privé pour s'attirer les « bonnes grâces » de monsieur West, parce qu'ils savent que nous travaillons sur leurs plateformes de distribution pendant le séminaire. Ils essayent de le séduire en lui offrant des excursions privées dans des golfs inaccessibles au public, des pots-de-vin de plusieurs millions de dollars, et quelques-uns vont jusqu'à sacrifier un de leurs avions, pilote inclus.

Ce qu'ils ne savent pas, c'est que c'est moi et moi seule qu'ils doivent impressionner. D'ailleurs, je sais déjà ce que je vais conseiller à monsieur West : en plus de « faites-vous greffer un foutu cœur », ce sera « ils n'ont que de la gueule, ne leur accordez aucun traitement de faveur ».

Lorsque j'arrive au siège, mes orteils sont gelés et mes cheveux bouclés dégoulinent à cause d'une soudaine averse de neige.

Tandis que j'essuie mes bottes sur le paillasson, j'aperçois Garrett en train de parler à un employé de Disney, à l'autre bout du hall d'entrée. Il porte un trench sur-mesure par-dessus son costume trois-pièces et chaque femme qui le croise se retourne sur son passage.

J'ai envie de leur crier « c'est un gigolo, ne perdez pas votre temps », mais je garde ça pour un autre jour.

Je tends le plateau en argent à la réceptionniste principale. Puis, je décide qu'il est temps de me débarrasser de ma contribution au père Noël secret.

— Bonjour, mademoiselle Grey, me salue l'agent de sécurité en me demandant ma carte d'identité. Vous êtes là pour tirer au sort l'heureux élu ?

— Il n'y a rien d'heureux dans tout cela, rétorqué-je en fronçant les sourcils. Je pourrais vous donner quelques centaines de dollars pour ne *pas* participer ? Ce serait facile pour vous de trafiquer votre liste, et il n'en saurait rien.

— Vous pensez que j'ai envie de perdre mon boulot pour *quelques centaines de dollars* ?

Il pointe l'arbre de Noël du doigt.

— Choisissez un de ces fichus paquets et apportez-le-moi.

Je m'avance, puis je m'arrête et lance par-dessus mon épaule :

— Et pour quelques milliers de dollars ? Je peux vous aider à trouver un autre travail.

— Ne m'obligez pas à faire un signalement aux ressources humaines, mademoiselle Grey.

En soupirant, je m'approche et observe les paquets recouverts de papier aux couleurs vives.

Je choisis une boîte dorée avec un ruban noir, qui ressemble trait pour trait à celui que j'ai sélectionné l'année dernière. Je le tends à l'agent de sécurité.

Comme le veut la tradition, il scanne le dessous du paquet et me demande de l'ouvrir devant lui.

Je prends le temps de le déballer avec la plus grande précaution, dans l'espoir qu'il s'agace et me laisse partir, mais cet homme a la patience d'un saint.

Lorsque je me suis enfin débarrassée du papier cadeau, j'ouvre la boîte et en sors la décoration de Noël de couleur verte qui porte le nom du futur destinataire.

Garrett West.

Mon souffle se coupe et l'objet me tombe des mains, avant de se briser en plusieurs morceaux sur le sol.

— Savannah Grey tire au sort Garrett West, déclare l'agent de sécurité en remplissant sa liste top secrète. Très bien, vous pouvez partir, maintenant.

— Ce n'est pas lui que j'ai tiré, protesté-je en piétinant le verre. Je suis tombée sur George Shaw, de la comptabilité.

— Non, *je* suis tombé sur George Shaw, de la comptabilité, rétorque-t-il en me montrant la porte du doigt. Au revoir, mademoiselle Grey, passez de bonnes fêtes.

Bon…

En sortant, je remarque Garrett, qui se dirige vers la salle de conférence réservée aux grandes occasions, suivi par un groupe de journalistes. Même de si loin, il est diablement sexy, je ne peux pas le nier. Qu'il soit ou non le pire des patrons.

Soudain, ses yeux bleus se posent sur moi et la façon dont il me dévisage des pieds à la tête fait accélérer ma respiration. Il dit quelque chose à l'un des associés, puis me fait signe de l'attendre.

Tandis qu'il s'approche, j'essaye de faire abstraction de son apparence toujours *au minimum* parfaite et du fait que s'il n'était pas mon patron, il y a des années que j'aurais pris mon courage à deux mains et l'aurais invité à sortir.

— Il vous a fallu tout ce temps pour aller acheter un plateau en argent, mademoiselle Grey ? demande-t-il. Même si vous y étiez allée à pied…

— J'y *suis* allée à pied, le coupé-je. Mais maintenant que j'y pense, je n'aime pas tellement que l'on me donne des missions de stagiaire. Je devrais être en train de discuter avec les cadres, comme vous.

Il affiche un air étonné.

— Pour quoi faire ? Vous avez déjà pris votre décision et vous détestez avoir affaire à ce genre de personnes.

— Là n'est pas la question.

— Par ailleurs, si j'en crois vos dires, vous avez tendance à être nerveuse avant un rendez-vous galant. J'ai donc pensé que vous apprécieriez que je vous confie une tâche simple. Puisque j'avais tort, vous pouvez partir.

— Pardon ?

— Vous êtes libre. Allez donc batifoler avec votre petit ami et assurez-vous qu'il ait assez d'argent sur son compte pour payer toute l'addition, cette fois.

— Ce n'est arrivé qu'une fois, il n'avait sincèrement pas compris comment fonctionnait l'*happy hour*.

— Peu importe, rétorque-t-il, toujours en m'observant attentivement de bas en haut. Il sort avec *vous*, alors ça n'aurait jamais dû se produire…

Chapitre 5

Garrett

Noël, cette année
Manhattan, New York

Je fais défiler ma liste de contacts et modifie le nom de Savannah pour la énième fois depuis qu'elle a commencé à travailler pour moi. Je suis obligé de mettre un commentaire bien spécifique à chaque fois qu'elle sort avec un autre type que moi, sans quoi je trouverais un prétexte pour l'appeler et lui parler d'un sujet quelconque (quant à savoir pourquoi elle me répond toujours quand je fais cela, je n'en ai aucune idée).

S. Grey (ne sois pas mesquin, ne l'appelle pas pendant son rencard)

De toute façon, j'ai moi-même un rendez-vous galant.

Malheureusement, elle n'arrive pas à la cheville de Savannah, loin de là. Elle est l'exemple typique de la jolie femme du monde, qui pense que répandre des ragots est une forme d'art.

Alors que je suis en train de choisir un costume et une cravate, mon téléphone se met à vibrer. C'est un appel de l'agence Voyages d'Affaires privés. Je décroche.

— Oui ?

— Monsieur, nous avons fait des recherches approfondies sur tous vos employés, comme vous l'avez demandé.

Une personne seulement a prévu de voyager pendant les prochaines semaines. Une certaine Savannah Grey.

— Quelle surprise, réponds-je en souriant. Où va-t-elle, cette année ?

— Nos résultats indiquent Colorado Spring, monsieur. Mais voilà, nous avons creusé un peu plus et nous avons découvert qu'elle avait en fait réservé ces billets d'avion plusieurs fois cette année.

— Oh. Eh bien, peut-être est-ce pour un ami.

— Les billets sont à son nom, monsieur. Elle les achète et ne les utilise jamais, alors, je ne pense pas que vous ayez de raisons de vous inquiéter.

— Merci, merci beaucoup.

Je ne comprends pas bien pourquoi Savannah se donnerait la peine de payer des billets d'avion pour ne finalement pas faire ces voyages, mais je suis sûr qu'il y a une explication.

J'enregistre une note dans mon téléphone et m'apprête à rappeler l'agence, toutefois, je suis interrompu par un appel de mon assistante.

— Je vous écoute, Janet ? réponds-je.

— Je suis désolée d'avance si cela vous semble étrange, mais la personne qui m'a laissé ce message jure qu'elle vous connaît.

Elle laisse échapper un soupir et se met à lire :

S'il vous plaît, demandez à votre patron M. Garrett West de m'envoyer vingt-et-un dollars par PayPal ou CashApp avant dix-huit heures, pour que je puisse inviter à dîner la femme qui le conseille chaque jour.

Dites-lui que je lui ferai un virement pour le rembourser.

Mon code CashApp est $joshh5 et celui pour PayPal est JoshHHM.

J'apprécierais que cela reste entre nous.

Qu'est-ce que c'est que ce bordel ?

— Allez-y, envoyez-lui l'argent.

Je raccroche et modifie le nom de contact de Savannah, une fois de plus.

S. Grey (que son mec aille au diable, elle peut trouver bien mieux)

Chapitre 6

SAVANNAH

Noël, cette année
Manhattan, New York

— Je n'arrive pas à croire que tu as tiré au sort le nom de ton patron, se moque mon petit ami Joshua pendant le dîner. Tu as déjà une idée de ce que tu vas lui offrir ?

— Les compagnies aériennes ne vendent pas d'aller simple pour l'enfer, donc je vais devoir trouver autre chose, réponds-je. J'ai l'impression qu'on a plus de hauts et de bas que d'habitude, tu vois ?

Il acquiesce, mais il ne sait pas la moitié de ce qu'il se passe.

— C'est dingue, reprend-il. Parfois, j'ai l'impression que c'est vous deux qui êtes en couple. Je suis sûr que je sais bien plus de choses sur lui que l'inverse.

— Je suis désolée, m'excusé-je en attrapant sa main sur la table. C'est juste que…

— C'est la fin de l'année et c'est hyper stressant, me coupe-t-il en souriant et en serrant doucement ma main. Je sais, bébé. Je sais. Tu as goûté le riz ?

— Pas encore.

Je saisis mes baguettes et essaye de ne pas montrer ma déception.

Nous nous trouvons dans un boui-boui quelconque qui sert de la nourriture chinoise, rien à voir avec l'endroit «super chic de Soho» qu'il m'avait promis.

Mais je ne peux pas trop lui en vouloir.

Il travaille dans une start-up en tant que développeur d'application, et le budget est serré. Je suis convaincue que ses efforts finiront par payer un jour.

Contrairement à Garrett West, il sait ce que c'est que d'avoir du mal à joindre les deux bouts, de vivre en attendant la prochaine paye, et il ne…

Mes pensées s'interrompent en le voyant enfourner des sachets de sel et de poivre dans la poche de son manteau.

— Qu'est-ce que tu fais, Joshua ?

— Je n'ai plus rien pour assaisonner la nourriture chez moi, explique-t-il à voix basse. Tu n'as pas idée comme tout est cher à Los Angeles. C'est pour ça que j'ai demandé à la serveuse de nous apporter un supplément de parmesan. J'ai pris plusieurs sacs refermables pour l'occasion.

Je cligne des yeux.

— Je peux commander des épices sur internet et les faire livrer chez toi.

— Non, pas la peine, répond-il. Je ne te demanderai jamais de m'acheter quoi que ce soit. Enfin, bref, revenons-en à ton patron. Tu peux toujours faire une liste de tout ce que tu détestes chez lui et l'emballer dans un joli papier cadeau. Ça devrait faire l'affaire.

— C'est déjà ce que j'ai fait pour ces deux derniers anniversaires.

— Oh, soupire-t-il, en haussant les épaules. Eh bien, ne te casse pas trop la tête. Offre-lui quelque chose qui montre que, tout ce qui t'importe, c'est le salaire.

— Bon état d'esprit, acquiescé-je, en dépliant ma serviette sur mes genoux. Parlons d'autre chose. Comme s'est passé ton vol ?

— Bien, sans turbulence. Tu as reçu mes fleurs ?

Je souris en repensant au bouquet.

— Oui. Tout le monde à l'étage était très impressionné par la composition.

— Vraiment ?

Je hoche la tête.

— Oui. Je veux dire, non pas que ce soit important, mais j'espère qu'elles ne t'ont pas coûté trop cher, si ? Elles ont l'air encore plus hors de prix que celles que tu m'as envoyées la semaine dernière. Celles-là aussi étaient magnifiques, d'ailleurs.

Il lève les sourcils, l'air perplexe.

— Je ne t'ai pas fait livrer de fleurs la semaine dernière.

— Si, si, assuré-je en cherchant parmi les photos de mon téléphone. J'ai manqué ton appel sur Skype et tu m'as envoyé des roses rouges avec une carte « Ce n'est pas grave ». Attends, il faut que je les retrouve.

— Tu as reçu quel genre de fleurs de ma part aujourd'hui ?

— Huit bouquets de roses rouges et blanches, précisé-je avec un sourire. La fleuriste a dit que c'étaient celles qui se vendaient le mieux, et elles trônent maintenant au centre de mon bureau.

Ma voix s'éteint en voyant l'expression sur son visage. Il fronce les sourcils et serre les dents.

— Huit bouquets de ses plus belles roses ? Je t'en prie, Savannah, dis-moi que tu n'es pas aussi stupide.

— J'aime vraiment beaucoup tes fleurs, elles sont magnifiques.

— D'accord, donc tu es vraiment stupide, en fait, lâche-t-il en secouant la tête, avant de faire signe à la serveuse pour avoir l'addition. J'aurais dû m'en rendre compte il y a longtemps.

— Tu préfèrerais que je les déteste ?

— Non, je préfèrerais que tu me dises que tu couches avec Garrett West, mais en évitant de faire une scène par la même occasion, siffle-t-il. Je veux dire, ça crève les yeux. Je suis un idiot. Tu as sûrement fait exprès de tirer au sort son nom, pour pouvoir te mettre avec lui pendant ce voyage que, *soi-disant*, tu détestes.

Je commence à perdre mon sang-froid.

— Je ne couche pas avec mon patron. Tu profères de graves accusations sans aucune raison.

— Sans aucune raison, répète-t-il dans un rire furieux. Sans aucune raison ? Oh, très bien.

Autour de nous, les conversations s'évanouissent en un murmure.

— Il est temps que je m'en aille, annoncé-je en réalisant qu'il ne m'a même pas complimentée sur ma robe. Appelle-moi quand tu auras remis tes idées en ordre.

Il me lancc un regard noir.

— Je ne t'appellerai plus jamais ! Et tu sais quoi ? Pour ton Noël anonyme, tu n'as qu'à mettre un ruban sur ta chatte et t'asseoir sur son visage ! Je suis sûr qu'il adorera ça, si ce n'est pas déjà fait.

La mâchoire m'en tombe et on n'entend plus un son dans le restaurant.

Au bout de quelques secondes, une fourchette tombe par terre dans un bruit métallique qui brise le silence.

Je jette ma serviette dans mon assiette et me lève.

— Et tu ne voulais pas faire de scène, c'est ça ?

— C'est toi qui as commencé, lance-t-il en signant le reçu. Va te faire foutre, espèce de salope infidèle !

Je ne sais pas trop ce qui me prend ensuite, mais j'attrape mon verre de jus de fruits (Josh est trop fauché pour commander du vin) et le lui jette au visage.

Je prends mon manteau et quitte le restaurant sans ajouter un mot, ignorant les gens qui chuchotent sur mon passage.

Dans l'ascenseur, je retiens des larmes de colère. Je prends le temps de boutonner mon manteau pour protéger ma poitrine du froid, puis m'avance sous la dernière averse de neige new-yorkaise.

Je m'approche du trottoir et lève la main pour héler un taxi.

— Où va-t-on, mademoiselle ? demande le chauffeur, en croisant mon regard dans le rétroviseur. Avec cette circulation, il nous faudra minimum une demi-heure, quelle que soit la destination.

Génial.

— Au 2314, sur la Septième…

Je m'interromps. La dernière chose dont j'ai besoin, c'est de rentrer chez moi.

— Conduisez-moi à West Média, s'il vous plaît.

— Très bien.

Il démarre et je laisse couler mes larmes pendant tout le reste du trajet.

***

Une heure plus tard, je tends une poignée de billets de vingt dollars au chauffeur de taxi et me précipite à l'intérieur du bâtiment. Tous les employés sont partis depuis longtemps, mais le bureau de Garrett est encore éclairé comme en plein jour.

Comme d'habitude…

Sans réfléchir, je monte jusqu'à son étage et pénètre dans la salle de conférence. Je retire mon manteau, sors mon ordinateur portable de ma sacoche et me mets à travailler sur le prochain projet.

Puis, sur le projet suivant, et le suivant.

Sans même m'en rendre compte, j'ai une semaine entière d'avance sur mon planning. À environ deux heures du matin, Garrett dépose un mug garni de crème fouettée devant moi.

Il s'éclaircit la voix, attendant que je lève enfin les yeux vers lui.

— Mademoiselle Grey ? J'aurais juré que vous aviez un rendez-vous galant, ce soir.

— C'était le cas.

— A-t-il apprécié votre robe ?

— Il n'a pas vraiment eu le temps de la voir.

Il me regarde de haut en bas.

— Quel dommage. Combien de temps a duré votre rencard ?

Je tapote mes doigts sur la table ; j'ignore vraiment pourquoi je ressens le besoin irrépressible de me confier à lui, parfois.

— Vingt minutes, je dirais. Il m'a larguée parce qu'il pense que je couche avec quelqu'un d'autre.

Il lève les sourcils, puis bois une longue gorgée de café.

— Je ne vous ai jamais entendue parler à un autre homme que lui. Il pense que vous le trompez avec qui ?

— Il ne l'a pas dit, mens-je en haussant les épaules. Il s'est juste mis très en colère quand je l'ai remercié pour les roses qu'il m'a envoyées aujourd'hui.

— Mmmh. Peut-être qu'il est stressé. Je suis sûr qu'il finira par changer d'avis.

— Peut-être, réponds-je en me levant. Vous n'aviez pas rendez-vous avec Helen, l'héritière du complexe hôtelier ?

— Ça n'a duré qu'une demi-heure.

— C'est le temps que ça lui a pris pour se rendre compte que vous étiez le diable incarné ?

Un sourire se dessine sur ses lèvres, mais il ne répond pas.

À la place, il s'approche de moi et me murmure, de sa voix grave :

— Si votre petit ami ne vous a pas ramenée immédiatement chez vous en vous voyant dans *cette* robe, quelque chose ne va pas chez lui.

— Ou alors, peut-être que vous n'avez pas choisi la bonne, rétorqué-je, alors qu'une tension familière commence à flotter dans l'air. Peut-être que *vous* n'avez pas si bon goût que vous le pensez.

Il m'observe de nouveau, et pose son regard entre mes cuisses.

— Dans ce cas, vous pourriez m'offrir un avant-goût…

— *Pardon* ?

Je suis sûre que je n'ai pas bien entendu.

— Vous m'avez compris, répond-il en se penchant vers moi. Laissez-moi vous goûter.

Les yeux écarquillés, je m'apprête à reculer et à mettre les points sur les « i », mais il pose ses lèvres sur les miennes, et tous mes sens s'enflamment immédiatement.

Je passe mes bras autour de son cou tandis qu'il m'embrasse plus vigoureusement et qu'il me saisit par les hanches pour m'attirer contre lui.

— *Bordel*... murmure-t-il contre ma bouche tout en caressant ma cuisse dénudée.

Il glisse sa main sous ma robe et retient son souffle en s'apercevant que je ne porte pas de culotte.

Ses baisers ont une autre saveur, à présent ; ils sont dix fois plus passionnés et brutaux, et, avant que je n'aie le temps de dire « baisez-moi, tout de suite », nous sommes interrompus par le bruit de l'ascenseur qui s'ouvre.

— Monsieur West, vous êtes ici ? appelle une voix grave qui nous fait reculer immédiatement. Monsieur West ?

Garrett ne répond pas, il se contente de me fixer du regard.

Je reprends mon souffle et essaye de détourner les yeux, mais je n'y arrive pas.

On a déjà eu quelques moments pour le moins ambigus, nos corps qui se sont effleurés au bureau, mais rien de comparable. *Jamais.*

Et il ne faut surtout pas que cela change.

— Eh bien, je suis sûre que vous avez déjà prévu votre prochain rendez-vous, dis-je en regardant ma montre, toujours sous le choc de ce baiser. Vous vous vantez que toutes les femmes de cette ville veulent sortir avec vous, alors ce n'est sûrement qu'une question de temps. La prochaine fois, assurez-vous juste de ne pas choisir des mondaines ou des snobes de Wall Street. Ce n'est pas le genre de femme qui vous convient.

— Je ne savais pas que ça vous intéressait autant.

— Ce n'est pas le cas, affirmé-je en m'éclaircissant la voix. Maintenant, je dois me remettre au travail, monsieur West. Donc, si ça ne vous embête pas... J'aime autant éviter de vous parler pendant les heures où je ne suis pas payée.

— Vous êtes *salariée*, mademoiselle Grey.

Je me retourne, essayant d'ignorer le parfum séduisant de son eau de Cologne.

— Très bien, dans ce cas… si vous êtes sincèrement désolé, accordez-moi quelques jours de congés avant le séminaire. J'en ai bien besoin.

— Vous savez très bien que je ne peux pas accepter, répond-il. Il n'y a pas d'exception à la règle.

— Peut-être que je pourrais être la première.

Je marque un temps d'arrêt.

— C'est ça ou bien j'arrête de travailler pour vous, ajouté-je.

Il me lance un regard appuyé et ne dit rien pendant plusieurs secondes.

— Je vous donne deux jours.

— Quatre.

— Trois, mais vous devez quand même travailler sur le projet Benson.

— Tout l'intérêt de prendre des jours de congés est de *ne pas* travailler.

— Alors, finissez ce dossier avant de partir, mademoiselle Grey, siffle-t-il en redevenant le démon que je connais. C'est à prendre ou à laisser.

— J'accepte.

Il fait un pas sur le côté.

— Bien. Et gardez le baiser pour vous. Ce n'est jamais arrivé.

Je quitte la pièce et m'enferme dans mon bureau en me promettant de ne pas quitter cet endroit de toute la journée. Je ne me lève que pour aller aux toilettes et faire une micro-sieste dans la salle de pause.

Je m'assure d'avoir quatre semaines d'avance, puis je m'effondre dans une berline de luxe qui m'emmène chez moi, vers la liberté.

Chapitre 7

Savannah

Noël, cette année
Manhattan, New York

Deux jours plus tard

Monsieur West aka Monsieur Ne-sait-pas-ce-que-le-mot-congé-signifie : Vous avez fait du bon travail. Où en est le projet Harrison ?

Moi : Vous l'aurez à dix-sept heures.

Monsieur West aka Monsieur Ne-sait-pas-ce-que-le-mot-congé-signifie : Vous profitez bien de votre journée de repos ?

Moi : Si c'était le cas, je ne serais pas en train de vous parler.

Monsieur West aka Monsieur Ne-sait-pas-ce-que-le-mot-congé-signifie : C'est bon à savoir. Demain, pendant votre deuxième jour de vacances, faites-moi suivre le dossier Turner.

J'attends minuit pour lui envoyer les fichiers qu'il m'a demandés. Je me force à sortir de chez moi pour flâner dans la ville, comme le font les gens du coin, mais je finis par atterrir dans un café à boucler des dossiers sur mon téléphone, sans parvenir à oublier ce baiser.

Ce n'est qu'au bout de mon troisième «jour de congé» que je réussis à ne pas penser du tout au travail pendant deux heures d'affilée.

Je passe la majeure partie de ce temps au supermarché, dans l'allée néophytes en cuisine, à me demander pourquoi tous les plats que je prépare sont toujours atrocement mauvais.

Lorsque je rentre enfin des courses, je trouve Georgia dans mon salon, en train de sauter sur le canapé comme une enfant de trois ans.

Je cligne des yeux plusieurs fois pour m'assurer que je ne rêve pas. Elle devrait être à bord d'un avion en route vers le Colorado, occupée à m'envoyer des textos culpabilisants pour avoir refusé de venir avec elle.

Elle devrait être en train de me regarder jeter à la poubelle le cadeau que m'offre notre cousine Taryn tous les ans via FaceTime, en me disant que j'ai parfaitement le droit de continuer à la détester.

— Pourquoi ton canapé est si moelleux ? demande-t-elle en sautant de plus en plus haut. Je veux dire, ce truc est mieux que dans un hôtel, et ta salle de bains est magnifique ! Les photos que tu m'as envoyées ne lui rendent pas justice. Il va falloir que tu m'invites ici au moins six fois par an.

Je souris.

— Que fais-tu là ?

— Je te fais une surprise, explique-t-elle en sautant du canapé pour me prendre dans ses bras. Je suis désolée que Joshua t'ait larguée de cette façon. De toute façon, tu sais que je n'ai jamais aimé ce gros radin. Et tu mérites mieux. Bien mieux.

— Merci. Tu es venue comment ?

— Grâce à ton patron. Il m'a envoyé un billet en première classe en disant que tu avais *désespérément* besoin de parler à quelqu'un. Il a dit que tu n'étais pas aussi méchante avec lui que d'habitude à cette période de l'année et qu'il commençait à s'inquiéter.

— Il n'a pas dit ça.

— Si, si, affirme-t-elle en sortant son téléphone. Il m'a même généreusement donné une carte de crédit pour payer le dîner de ce soir. J'ai acheté quelques sacs Hermès avec, juste pour m'assurer que c'était une vraie, donc tu devras faire semblant qu'ils sont à toi. Où veux-tu aller ?

— Nulle part, j'ai un projet à finir. On va devoir prendre à emporter.

— Évidemment, soupire-t-elle en levant les yeux au ciel. Tu sais, je commence à penser que ton patron n'est pas si horrible, après tout.

— Pardon ? demandé-je en croisant les bras. Tu te souviens que c'est l'homme qui nous a suivies jusqu'à Punta Cana pour nous obliger à plier bagages, n'est-ce pas ?

— Je me souviens qu'on est parties à Hawaï pour échapper à la tempête.

Je lui lance un regard noir.

— L'homme dont je me plains tous les jours quand je t'appelle. Tous. Les. Jours.

— Oui et non, répond-elle en souriant. Vous pourriez sûrement sortir ensemble, si vous en aviez envie. Vous avez beaucoup de choses en commun et vous passez tout votre temps ensemble.

Je la regarde, effarée.

— Garrett a une petite amie.

— Et elle sait que tu existes ?

— Qu'est-ce que ça veut dire ?

— Ça veut dire que si je rencontrais un gars comme lui et qu'il parlait au téléphone à une autre femme au beau milieu de la nuit, même si c'est seulement «pour le boulot», je ne le considèrerais *pas* comme mon petit ami, argue-t-elle en secouant la tête. C'est vrai qu'il peut parfois être sacrément chiant, mais il te paye vraiment bien.

— Tu es de quel côté, Georgia ?

— Du tien, évidemment, réplique-t-elle en riant, avant de s'approcher de sa valise. Au fait, puisque j'ai terminé mes courses de Noël en avance, je t'ai apporté ton cadeau. Tu vas être très fière de moi, je me suis montrée très attentionnée et créative cette année.

Je la connais trop bien pour la croire. C'est ce qu'elle dit tous les ans et c'est toujours la même chose : un pull-over «sauvé» (chaque année d'une couleur différente) qu'elle a tricoté elle-même et une carte avec écrit : «Estime-toi heureuse que je t'aie offert quelque chose.»

Elle me lance le paquet et je le pose sur le bar.

— Tu sais quoi ? Laisse tomber la bouffe à emporter. Allons plutôt faire ouvrir une ardoise longue comme le bras au nom de Garrett dans un restaurant cinq étoiles.

— Oui ! Tu ne crois pas qu'on devrait aussi s'occuper de son cadeau pour le Noël du bureau ?

— Tu offrirais quelque chose à ton patron s'il te faisait travailler pendant tes jours de congés ?

— Tu marques un point.

Chapitre 8

GARRETT

Urgent :
Note interne de West Média

Très chers employés,

Il ne reste que deux semaines avant la soirée de lancement du séminaire de cette année. De ce fait, j'aimerais remercier publiquement le groupe de cadres anonymes qui ont décidé de m'offrir un cadeau de Noël en avance : un mois de psychothérapie et la saga complète de *Comment tuer son boss* accompagnée d'un mot disant : « C'est ce que vous nous faites subir. »

Je trouve cette révélation choquante et regrettable.

Je suis le seul patron de cette ville à vous garantir tous les avantages dont vous bénéficiez et un salaire aussi élevé. Aucun autre PDG n'est disposé à dépenser plusieurs millions de ses bénéfices pour offrir à ses employés un séjour aussi onéreux. Cela étant, j'ai décidé d'apporter quelques modifications au séminaire *obligatoire* de cette année, afin que vous compreniez ma façon de penser sur ce que vous « subissez ».

Cette année, la durée du séjour sera de trois semaines. Pas de dispense.

Comme toujours, je me réjouis de vous retrouver à la soirée de lancement, durant laquelle notre partenaire touristique nous révèlera la destination où se déroulera notre séminaire annuel de trois semaines tous frais payés.

N'oubliez pas d'apporter le cadeau que vous aurez choisi d'offrir à votre (vos) collègue(s), afin de respecter notre traditionnel Noël secret du bureau.

Cordialement,
Garrett West
PDG de West Média International

PS : Vous ne pouvez vous en prendre qu'à vous-même…

L'industrie du divertissement ne dort jamais, alors, nous non plus.

Chapitre 9

Savannah

Noël, cette année
Manhattan, New York

Jour de la soirée de lancement

Dring ! Dring ! Dring !

Je me retourne dans mon lit et appuie sur la touche « Snooze » de mon réveil pour la énième fois ce matin. Je m'apprête à rabattre les couvertures sur mon visage, quand j'aperçois l'heure du coin de l'œil.

Comment diable peut-il déjà être cinq heures quarante-cinq ?

Stupéfaite, je me traîne hors du lit et prends une douche rapide. J'attache mes cheveux bouclés en chignon et enfile un de mes tailleurs-pantalons beiges préférés. Je m'assure d'avoir ma sacoche d'ordinateur et mon sac à main, mais j'ai soudain l'impression d'oublier quelque chose.

Le cadeau pour le Noël du bureau.

Ah ! La dernière chose que Garrett mérite, en ce moment, c'est qu'on lui offre quelque chose.

Il a été dix fois plus dur avec nous après le « cadeau anonyme », et notre baiser dans la salle de conférence n'est plus qu'un lointain souvenir. À tel point que j'ai quitté le travail en avance tous les jours, cette semaine.

Il a fait pleurer tous les stagiaires, convoqué chaque cadre supérieur dans son bureau pour une évaluation sans pitié et m'a lancé : « Cette année sera peut-être la première où je ne vous remettrai pas de rose lors de la cérémonie finale, mademoiselle Grey. »

Tu peux te la garder, ta rose.

Je fouille dans mon placard, à la recherche d'une bougie à trois mèches qui ferait l'affaire, mais je n'en trouve aucune que j'aie envie de lui donner. Bien qu'il soit relativement gentil avec moi ces derniers temps, il a des antécédents qui ne le rendent pas digne de recevoir un de mes objets préférés.

J'aperçois la boîte où je range mes « cartes cadeau de dernière minute » et regarde ce que j'ai en stock. Celles à cinquante et vingt dollars sont beaucoup trop généreuses, je me décide donc pour un bon de dix dollars chez Amazon.

Mais même ça, il ne le mérite pas.

Je me connecte sur Amazon et utilise la moitié de la carte pour m'acheter un nouvel après-shampoing. Puis, j'attrape le paquet que m'a apporté Georgia et le fourre dans mon sac.

De toute façon, il le ramènera sûrement au magasin dès qu'il l'aura ouvert.

Je prends soin d'ignorer mes voisins, debout sur leur perron en costume de père Noël de cuir rouge et noir, et me précipite dans la berline.

Par chance, le chauffeur m'a déjà pris un bagel et un café à emporter, et il réussit à me déposer au siège avec cinq minutes d'avance.

À la seconde où je mets le pied à l'intérieur, Lily, l'une des cadres dirigeantes inscrites au forum, me prend par le bras.

— Tu sais, je suis un peu excitée de découvrir où on va cette année. Il paraît que c'est dans un endroit super luxueux.

— C'est *toujours* dans un endroit super luxueux.

— Bridget de la compta dit qu'elle a entendu l'agent de voyage au téléphone hier matin, raconte-t-elle en parlant à voix basse. Elle voulait être sûre que chaque chambre avait un accès à un jacuzzi privé. Oh, et elle a aussi parlé d'une promenade en calèche.

Je ne l'écoute plus. Je me contente de sourire et de hocher la tête, tandis que nous montons dans l'ascenseur.

Une fois au dernier étage, nous entrons dans une véritable carte de Noël grandeur nature. Comme d'habitude, les décorateurs professionnels ont tout donné pour tenter de nous faire oublier que nous travaillons au beau milieu du septième cercle de l'enfer.

Chacune des fenêtres est ornée d'une couronne faite sur mesure et entrelacée de ruban rouge. Des sapins de deux mètres montent la garde le long des murs, arborant des décorations rouges et or et des guirlandes clignotantes de lumières blanches.

Une machine à neige artificielle diffuse des flocons dans les airs et les serveurs aux plateaux chargés de boissons portent des oreilles d'elfes.

Lily poursuit ses bavardages.

— J'ai entendu dire qu'il y aura un spa qui surpasse tous ceux où on est allés. Ça veut dire mieux qu'à Aspen, Miami, Vegas. Qu'est-ce que tu en penses ?

— Je pense que je dois offrir mon cadeau, lâché-je, incapable de supporter cet enthousiasme débordant une seconde de plus. On se parle plus tard.

Je me fraye un chemin à travers la foule à la recherche de Garrett.

Par chance, il se tient seul près de la fenêtre et tapote l'écran de son téléphone.

Alors que je m'approche, il lève les yeux vers moi.

— Je m'apprêtais à vous envoyer un message, mademoiselle Grey. J'ai cru que vous essayiez d'échapper à la fête, une fois de plus.

— J'ai eu une panne de réveil.

— C'est une première.

— Et une dernière, affirmé-je en lui tendant le paquet. Tenez, j'ai tiré votre nom au sort cette année.

— Est-ce que je vais mourir si je l'ouvre ? demande-t-il en levant les sourcils. Le service technique m'a dit que quelqu'un de l'équipe s'était récemment découvert une passion pour les émissions *Crimes : le patron se fait assassiner*.

Je souris.

— Je suis sûre que cette personne ne vous tuerait que si elle était sûre de s'en tirer en toute impunité. Je vous ai pris quelque chose qui exprime ce que je ressens pour vous *à la perfection*. Alors, n'ayez aucune inquiétude à propos de ce qu'il y a à l'intérieur.

Avant qu'il n'ait le temps de répondre, Nate de la comptabilité surgit devant moi.

Il me tend un paquet bleu et brillant et me sourit.

— C'est pour toi, Savannah, déclare-t-il. Je crois que c'est le bon moment pour tenter ma chance.

— Devant votre *patron* ? demande Garrett.

Nate fait mine de ne pas le remarquer et s'éclaircit la voix.

— Je crois que tu es la femme la plus sexy que j'aie jamais rencontrée, tu as vraiment tout le package.

Garrett serre les dents et lui lance un regard, l'air de se demander si c'est une farce, mais Nate continue à l'ignorer.

— Je ne l'ouvrirais pas avant la première nuit du séminaire, si j'étais toi. Où que l'on aille, je ferai en sorte de rester éveillé en attendant ta réponse.

Il me fait plusieurs clins d'œil, puis se lèche les lèvres avant de s'éloigner.

Garrett observe la boîte, comme s'il s'attendait à ce que je l'ouvre devant lui.

— Mademoiselle Grey, nous avons une politique de non-fraternisation dans cette entreprise, déclare-t-il. J'espère que vous êtes au courant.

— Je suis au courant, en effet. Mais peut-être qu'une telle politique ne devrait pas exister, puisque vous nous obligez à passer tout notre temps ensemble. Je finirai forcément par sortir avec un de mes collègues.

Il me regarde en fronçant les sourcils. Je lui rends la pareille.

— Monsieur West, voulez-vous bien vous joindre à moi ? l'appelle la femme de l'agence de voyages depuis l'estrade. Le moment est venu de dévoiler la destination du séjour.

Il me fixe du regard pendant encore quelques secondes, puis s'éloigne. Je laisse échapper un soupir et prends un verre de lait de poule sur le plateau d'un des serveurs. Je secoue le paquet de Nate et décide de l'ouvrir plus tard, étant donné qu'il me fait toujours des clins d'œil depuis l'autre bout de la pièce.

— Mesdames et messieurs, puis-je avoir votre attention, s'il vous plaît ? demande l'agent de voyage en parlant dans le micro, plongeant la salle dans le silence. C'est un honneur pour moi de vous servir une année de plus. Il est temps de vous révéler l'endroit où se déroulera le séminaire !

Un roulement de tambour préenregistré résonne et elle se met à compter à rebours en partant de dix, tout en affichant un enthousiasme démesuré.

— Trois, deux, un ! s'écrit-elle.

À cet instant, les mots «Colorado Springs, Colorado : Hôtel de l'État de grâce» apparaissent à l'écran.

Je manque de m'étouffer avec mon lait de poule.

C'est quoi, ce bordel ?

— Il s'agit du seul et unique hôtel six étoiles de tous les États-Unis ! s'exclame-t-elle.

Les employés entonnent en cœur des «Ahhh» et des «Ohhh» affectés, mais je continue à tousser.

J'ai du mal à respirer et je me frappe la poitrine, cependant, personne ne semble le remarquer.

— Tout va bien, mademoiselle Grey ?

Un stagiaire se précipite enfin à mon secours.

— Vous êtes un peu trop excitée par cet hôtel six étoiles ?

Je secoue la tête. Il n'y a rien d'excitant à rentrer chez soi après être partie trop longtemps, et je ne connais cet hôtel que trop bien.

Il appartient à ma grand-mère.

— Les promenades festives en calèche vont vous époustoufler ! s'exclame l'agent, qui tape maintenant dans ses mains au rythme de la musique de Noël, tandis que des photos du complexe hôtelier surgissent à l'écran. Je peux aussi vous assurer que c'est le meilleur hôtel et le plus luxueux où vous séjournerez de toute votre vie ! Et pour la première fois depuis que vous avez recours à mes services, vous aurez le domaine pour vous tout seuls !

Il y a d'autres acclamations qui sonnent creux.

Je m'éloigne de la foule et m'adosse au mur de tout mon poids. Je n'avais pas l'intention de rentrer chez moi avant au moins cinq ans, et je n'avais certainement pas prévu de faire le voyage avec tous mes collègues dans mes bagages.

Bon sang, tous les ans, j'achète des billets d'avion pour y aller, mais je n'arrive jamais à sauter le pas.

Maintenant, je n'ai plus le choix.

Je prends une boisson plus forte sur le plateau d'un serveur qui passe près de moi. Je sonde la pièce du regard et aperçois Garrett en train de déballer son cadeau. J'ai très envie de sortir mon téléphone et de prendre une photo de la tête qu'il s'apprête à faire, mais je sais que ce moment sera gravé dans ma mémoire quoi qu'il arrive.

Il ouvre la boîte et cligne plusieurs fois des yeux.

Eh oui, c'est tout ce que tu mérites, trou du cul. Je n'ai fait aucun effort.

Il entrouvre lentement la bouche, puis referme la boîte avant de regarder autour de lui.

Ses yeux croisent les miens. Je lève mon verre dans sa direction en articulant «Joyeux Noël».

Il me rend la pareille, en continuant à m'observer alors qu'il signe un document qu'on lui demande d'approuver. Puis, il s'approche de moi.

J'ignore si c'est l'effet de l'alcool ou le choc de savoir que je vais rentrer dans ma ville natale, mais au regard intense que me lance Garrett, je sens mes tétons pointer sous mon chemisier.

C'est vrai qu'il est encore plus sexy quand il est en colère…

— Il faut qu'on parle, m'ordonne-t-il en parlant à voix basse. Quand êtes-vous disponible ?

— Vous avez mon emploi du temps sur votre téléphone.

— C'est pour un autre genre de conversation, réplique-t-il en s'approchant. Sauf si vous n'avez pas vraiment eu l'intention de m'offrir *ça*.

— C'était voulu à cinq-cents pour cent. Si j'avais pu vous le donner avant, je l'aurais fait.

— Dans ce cas, vous auriez pu me dire plus tôt ce que vous pensiez de moi, au lieu d'utiliser un cadeau que quelqu'un vous a offert.

— Je me suis dit que ce serait moins subtil.

— C'est vrai, concède-t-il en arrêtant son regard sur mes lèvres. Voulez-vous me rejoindre à mon appartement, ce soir ?

Comme s'il n'en avait qu'un.

— Lequel ?

— Celui sur la Cinquième Avenue. Pouvez-vous me rejoindre là-bas ?

Je me rappelle que j'ai besoin de son aide pour un communiqué de presse, et j'aurai sûrement besoin de son canapé pour faire des micro-siestes.

— Bien sûr. Peut-être qu'il faudra que je reste dormir chez vous.

— C'est ce que j'espérais, j'ai l'intention de vous retenir plusieurs heures.

Évidemment.

— Vous n'allez pas me renvoyer à cause de ce cadeau, si ?

— Au contraire. Dix-huit heures, ça vous va ?

— Vingt et une heures trente, ce serait mieux, confessé-je. Je dois d'abord préparer ma valise pour le séminaire.

Il sourit et je sens ma culotte se mouiller.

— Entendu, répond-il. Vingt et une heures trente, à mon appartement.

Chapitre 10

SAVANNAH

Noël, cette année
Manhattan, New York

Plus tard ce soir-là, je jette une vingtième paire de chaussettes dans ma valise en me demandant si cela suffira à me tenir chaud pour combattre l'hiver froid du Colorado.

Aucune chance.

Je choisis cinq paires supplémentaires et les entasse dans les poches latérales.

— Alors, comment as-tu trouvé mon cadeau cette année ? m'interroge Georgia en visio, le sourire aux lèvres.

— Il était doux et chaud, comme toujours. Merci, ça en fait un de plus dans ma collection. Quelle est son histoire ?

— Doux et chaud ? répète ma sœur en haussant les sourcils.

— Oui, acquiescé-je. Doux et chaud.

— Comment peux-tu penser une chose pareille ?

— Tu sais que j'aime toujours beaucoup tes pull-overs. En général, je ne les porte plus après les fêtes, mais…

— Je ne t'ai pas offert un foutu pull-over, Savannah, m'interrompt-elle. Je t'ai pris un cadeau *bien mieux* que ça. Alors, va le chercher et regarde ce que c'est.

Je déglutis. Je n'ai pas envie d'avouer que, quel que soit l'objet qu'elle m'ait offert, il n'est plus en ma possession.

— Je l'ouvrirai quand je rentrerai. C'est dans un sac que j'ai laissé au bureau, mens-je.

— Eh bien, n'oublie pas de te servir un verre de vin et de te faire couler un bon bain chaud avant de l'utiliser.

— Tu m'as acheté des sels de bain ?

Je frissonne rien que d'y penser. La dernière fois qu'elle m'en a envoyés, j'ai eu de l'urticaire pendant des semaines.

En voyant son air malicieux, je penche légèrement la tête sur le côté.

— Tu m'as offert quoi, exactement ?

— Quelque chose qui te permettra d'évacuer ta frustration vis-à-vis de ton patron. Enfin, techniquement, j'avais l'intention de t'en donner un il y plusieurs mois déjà, pour te tenir compagnie pendant tes nuits solitaires, conséquence de tous les ex dont je ne dirai pas le nom. D'ailleurs, le dernier en date a rejoint ma liste noire.

— J'espère que mon patron en fait toujours partie.

— Oh, ça, oui. Il y aura toujours sa place, assure-t-elle en riant. Je t'ai acheté un sextoy !

— Un *quoi* ?

— Le Womanizer Pro, c'est le top du top, *tout le monde* en parle, explique-t-elle. Tu le poses sur ton clitoris, tu l'allumes, et il te donnera un orgasme en quelques secondes. Fais-moi confiance.

OH, BORDEL !

Je sens mon estomac me tomber dans les talons et je m'accroche au rebord du lit ; cela ne peut pas être réel. Georgia continue à parler.

— Je t'ai aussi envoyé le meilleur des lubrifiants. Et un mot que j'ai entièrement fait à la main. Rien à voir avec les cartes impersonnelles que j'achète toujours à la dernière minute. J'ai été attentionnée, cette fois-ci.

— S'il te plaît, dis-moi que tu plaisantes…

— Bien sûr que non, affirme-t-elle en souriant. Tu es aussi excitée que moi ! Je le vois dans ton regard. Il paraît que les nouvelles options sont vraiment bien.

Elle poursuit ses bavardages, sans tarir d'éloges sur les nombreux modes orgasmiques.

— Tu as écrit quoi sur la carte ?

J'entends à peine le son de ma propre voix.

— Tu ne crois tout de même pas que je me souviens de tout mot pour mot, rétorque-t-elle en haussant les épaules. Pourquoi tu as l'air complètement abattue ? J'ai fait exactement ce que tu m'as demandé cette année : j'ai fait preuve de *créativité* !

— Je sais, c'est juste que… Cette fois-ci, j'ai cru que je pouvais compter sur le fait que ton cadeau serait prévisible.

— Je ne te suis pas, avoue-t-elle en se grattant la tête. Redis-moi pourquoi tu voulais un pull-over ?

— Parce que j'ai donné ton paquet à mon patron.

Je visualise de nouveau la façon dont il m'a regardée pendant la cérémonie. La façon dont il s'est approché de moi avec un désir brûlant dans le regard.

À présent, son invitation à le rejoindre dans son appartement prend une tout autre signification.

« J'ai l'intention de vous retenir plusieurs heures. »

Georgia a la bouche grande ouverte, et nous ne prononçons pas un mot pendant un moment.

— Peut-être qu'il ne l'a pas encore ouvert, suppose-t-elle enfin. Je suis sûre que tu as le temps d'échanger avec quelque chose d'autre, pas vrai ?

Je secoue la tête.

— Je l'ai *vu* l'ouvrir.

— Tu es sûre qu'il l'a complètement déballé ? Puis, qui te dit qu'il sait ce qu'est un Womanizer ?

— Il sait parfaitement de quoi il s'agit, rétorqué-je en fronçant les sourcils. Qu'as-tu écrit sur cette foutue carte ?

Elle écarquille les yeux et prend une feuille de papier qu'elle froisse dans sa main.

— Ça capte mal, Savannah. Je ne t'entends plus.

— Bordel, Georgia, je te vois !

— Ah oui, c'est vrai.

Elle sourit d'un air penaud, puis me raccroche au nez et disparaît de l'écran.

Je la rappelle. Je ne vais pas la laisser s'en tirer sans savoir ce qu'il y a sur ce mot.

Et il est hors de question que je rejoigne Garrett à son appartement ce soir. Je ne répondrai ni à ses appels ni à ses messages, et je n'irai pas non plus au séminaire avec lui.

Il faut que je trouve un moyen de me tirer de cette situation. Pour de vrai, cette fois.

Chapitre 11

Garrett

Noël, cette année
Manhattan, New York

Je laisse échapper un soupir en sortant de ma septième douche froide de l'après-midi.

Depuis que j'ai quitté la soirée de lancement, je n'ai qu'une idée en tête : prendre Savannah dans toutes les pièces de mon appartement.

Je suis plus que prêt à briser la tension qui règne entre nous depuis des années. Je veux qu'on arrête de jouer à ce petit jeu et qu'on se mette enfin d'accord pour sortir ensemble.

Au point où nous en sommes, c'est la seule issue logique. De plus, il me suffit d'un coup de crayon pour annuler la clause de non-fraternisation de l'entreprise.

J'enfile un jogging et emprunte le couloir pour me rendre dans la pièce à vivre.

Je presse un bouton de la télécommande et les stores de la baie vitrée s'ouvrent lentement, m'offrant une vue panoramique sur la ville.

La surface idéale contre laquelle plaquer Savannah, ce n'est plus qu'une question de minutes.

Bon sang, mais où est-elle ?

Je regarde l'horloge et constate qu'il est un peu plus de vingt-deux heures.

Ce qui est étrange, car cette femme n'est jamais en retard, même quand elle a une panne de réveil.

Déconcerté, je prends mon téléphone et appelle ma secrétaire.

— Dieu merci, j'ai cru que tu ne me rappellerais jamais ! Je te jure que si je n'avais pas besoin d'argent, j'aurais arrêté de bosser pour ce connard il y a plusieurs mois déjà.

— Bonsoir, Véronica, la salué-je.

Elle étouffe un cri de surprise, puis plus rien.

— Avez-vous vu mademoiselle Grey au siège, ce soir ? demandé-je, complètement indifférent à ce qu'elle vient de dire. Est-elle dans son bureau ?

— Non, monsieur. Elle est partie après la soirée et elle n'est pas revenue ensuite. Mais elle a appelé il y a environ une demi-heure pour se plaindre d'une migraine.

— A-t-elle laissé un message ?

— S'il vous plaît, ne me renvoyez pas, implore-t-elle, les mots jaillissant de sa bouche. C'est vrai que je déteste travailler pour vous, mais j'ai vraiment besoin de cet emploi.

— Lisez-moi son message. Tout de suite.

— Bien sûr.

J'entends des bruits de papier à l'autre bout du téléphone.

— Elle a dit qu'elle avait fini tout son travail, délégué certaines tâches aux cadres et qu'elle vous verrait à l'aéroport dans deux jours pour le départ au séminaire, puisqu'elle était prise d'une migraine soudaine.

— Je vois.

— Très bien, donc revenons-en à moi, reprend-elle. C'est véritablement un plaisir de travailler pour West Média, et je dois reconnaître que je suis honorée par les offres si généreuses que vous…

Je raccroche au beau milieu de sa phrase.

J'ai plus important à faire.

Je m'approche de la table basse en soupirant et prends la carte qui se trouvait dans le paquet de Savannah pour la relire.

Joyeux Noël !
Puisque tu t'es toujours demandé ce que ça ferait de t'asseoir sur le visage de ton patron, j'ai décidé d'être un peu plus audacieuse et de te donner un coup de pouce !
Voilà qui devrait soulager la tension palpable qu'il y a entre vous deux. J'ai même fait graver son nom sur le côté, puisque tu parles tout le temps de lui.
Cet objet sera aussi parfait pour toutes les fois où tu voudrais simplement qu'il « la ferme et te prenne contre le mur ».
(Pour info, c'est ce que tu as dit l'année dernière quand on était bourrées à Punta Cana. Je m'en souviens.)
Je t'embrasse, Georgia
(Et ton patron, hahahahaha !)
(Au fait, je t'ai quand même pris un pull-over, mais je te l'enverrai après le Premier de l'an.)

Je sais qu'il est impossible qu'elle se soit rendu compte de ce qu'elle m'offrait au départ. Mais quelque chose me dit qu'elle le sait, à présent, et qu'elle doit bien réaliser que je suis plus que partant.

Je l'ai toujours été.

Impatient et chauffé à blanc, je lui envoie un message.

Moi : Il est vingt-deux heures vingt, Savannah. Êtes-vous en route ? J'aimerais toujours m'entretenir avec vous.

S. Grey (elle m'appartient) : Non. J'ai eu un imprévu.

Et moi, j'ai prévu de m'occuper de toi.

Ce sont les mots que je m'apprête à lui répondre quand plusieurs messages d'un numéro inconnu apparaissent sur mon écran.

555-8709 : Je ne vous ai jamais envoyé ce message. Je ne vous connais pas, monsieur West, et vous ne savez pas qui je suis.

555-8709 : Mais **une personne que nous connaissons tous les deux vous a accidentellement offert quelque chose que vous n'auriez jamais dû voir.**

Moi : Je suis au courant, Georgia. **Bonsoir. J'espère que vous allez bien.**

555-8709 : Je ne ferai aucun commentaire sur mon identité présumée.

555-8709 : Je voulais simplement que vous sachiez que j'ai inventé tout ce qu'il y a sur cette carte. (Si ce n'est pas trop vous demander, pourriez-vous la prendre en photo et me l'envoyer, s'il vous plaît ? Je ne me souviens vraiment pas de ce que j'ai écrit. Savannah est en train de paniquer et je lui ai promis que ce n'était pas si grave. En fait, si jamais c'est grave, est-ce que vous pourriez essayer d'écrire un autre message en imitant mon écriture, pour que je puisse lui montrer à la place de l'original ?)

Je ris et prends le mot en photo, comme elle me l'a demandé. Elle répond au bout de quelques secondes.

555-8709 : Hum, effectivement. Bon, je ne vais pas lui montrer et je ne reconnaîtrai jamais avoir écrit ça.

C'est encore mieux.

Chapitre 12

SAVANNAH

Noël, cette année
Manhattan, New York

Premier jour du séminaire

— Bon voyage, mademoiselle !

— Merci, à vous aussi, monsieur.

Je descends du taxi à l'aéroport La Guardia International et époussette mon manteau pour enlever les flocons de neige. Je n'ai pas oublié que je me trouvais exactement au même endroit il y a un an, en route vers Punta Cana, mais je ne peux me focaliser là-dessus à cet instant.

Mon cerveau part dans tous les sens et je serais incapable de me concentrer sur quoi que ce soit, même si ma vie en dépendait.

Le séminaire dans mon village natal. Grand-mère Hattie. Les parents ne seront pas là. Le sextoy de Georgia. Garrett.

GARRETT.

Je passe la sécurité et trouve la porte d'embarquement. Je décide d'aller chercher un bretzel avant le décollage, mais je m'immobilise en apercevant mon patron, qui marche dans ma direction.

— Vous avez fait mettre une puce GPS dans mon téléphone ou un truc du genre ? demandé-je.

— Non, mais je vous *connais*, répond-il en souriant. La seule chose que j'ignore, c'est pourquoi vous n'êtes pas à l'aéroport privé avec le reste de l'équipe. Vous pourriez m'expliquer ?

— Oui, je, euh…

J'essaye de détourner le regard, en vain. Il a l'air encore plus diabolique et désirable que d'habitude, et le parfum délicieusement entêtant de son eau de Cologne m'attire de façon irrésistible.

— Vous euh *quoi* ? Où est la fin de votre phrase ?

— J'ai décidé que ce serait mieux de prendre un vol commercial. Je me suis dit que ça vous ferait économiser trois cents dollars.

— Trois cents dollars ? répète-t-il en affichant un sourire moqueur. Sur un budget de cinq millions ?

— Eh bien, en réalité, ça fait trois-cent vingt-quatre, mais j'ai arrondi pour l'effet. Vous savez, chaque dollar compte. Une entreprise peut finir par faire faillite en gaspillant un centime après l'autre.

Il me fixe du regard pendant plusieurs secondes, l'air amusé.

— *Savannah.*

— *Monsieur West.*

— Très bien, *mademoiselle Grey.*

Il marque un temps d'arrêt, puis reprend :

— Bien que j'apprécie sincèrement votre inquiétude pour mon budget de plusieurs millions, je peux vous assurer qu'il n'est pas nécessaire que vous preniez un vol commercial. Je préfèrerais que vous veniez avec moi pour que nous puissions avoir la conversation que nous étions censés avoir chez moi il y a deux jours.

— J'ai déjà payé le billet avec le compte de l'entreprise.

— J'appellerai pour me faire rembourser.

Silence.

— Vous avez fait exprès de choisir cet endroit ? demandé-je. Vous savez que je déteste revenir dans ma ville natale et que je m'entends mal avec ma famille. Je suis presque sûre de vous avoir dit qu'ils me détestent parce que je ne leur ai pas rendu visite depuis huit ans… Ils me *détestent*.

— Vous me l'avez dit, en effet, confirme-t-il, en m'observant comme si c'était moi la tordue de l'histoire. Mais citez-moi une seule fois où j'ai pris le temps de chercher moi-même le lieu du séminaire. Je me contente de vérifier le budget et de signer le chèque.

Je l'observe, sans savoir quoi répondre.

— Pouvez-vous m'accompagner jusqu'à l'autre aéroport, à présent, pour que nous puissions parler un peu ?

Il tend la main pour récupérer mon sac de voyage, mais je ne le lui donne pas.

Soudain, une voix jaillit des haut-parleurs.

— Mesdames et messieurs, pour les passagers du vol 2519 à destination du Colorado, l'embarquement va commencer.

— Eh bien, reprends-je en faisant un pas en arrière. C'est mon vol, il faut que j'aille faire la queue.

— Vous n'avez pas entendu ce que j'ai dit au sujet du remboursement ?

Je recule encore un peu.

— Parfaitement, si. Mais l'embarquement va commencer et je vous ai envoyé tout ce dont vous vouliez parler par e-mail, alors… *À plus tard !*

Je me retourne et traverse le hall à toute allure.

Je n'ose pas regarder par-dessus mon épaule.

Je sors ma carte d'embarquement et la tends à l'agent de contrôle.

— Passez de bonnes fêtes, mademoiselle Grey, lance-t-elle en me rendant mon billet. Bon vol !

— Merci.

Je me précipite sur la passerelle et prends place dans la file d'attente.

En arrivant à mon siège, j'enfourne mon sac de voyage dans le compartiment à bagages et mets mes écouteurs, pour indiquer clairement que je n'ai aucune envie d'échanger des banalités avec quiconque s'assiéra à côté de moi. Je dois utiliser la moindre seconde de ce vol pour réfléchir à la prochaine étape.

J'attends avec inquiétude, espérant que Garrett n'a pas acheté de billet pour ce vol au dernier moment. Que je puisse repousser encore un peu l'inévitable confrontation.

Plusieurs minutes s'écoulent et seuls quelques passagers supplémentaires montent dans l'avion. Une hôtesse de l'air me sert un shooter de vodka et affiche un air déconcerté en me voyant le boire en quelques secondes, avant d'en commander un autre.

— Mesdames et messieurs, passagers du vol 2519, je suis le pilote de cet avion, annonce une voix grave dans les haut-parleurs. Nous vous remercions d'avoir choisi notre compagnie aérienne pour voyager pendant les fêtes de fin d'année. Membres de l'équipage, merci de vous préparer au décollage…

Ces mots suffisent à me rassurer.

Alors que l'avion roule sur le tarmac, mon téléphone vibre. Un message.

Garrett (il sait TOUT) : Vous croyez vraiment que vous allez pouvoir m'éviter pendant tout le séjour ?

Moi : Je suis prête à le parier.

Garrett (il sait TOUT) : Comment pouvez-vous dire cela ? Vous savez que je gagne toujours…

Chapitre 13

SAVANNAH

Noël, cette année
Colorado Springs, Colorado

Quelques heures plus tard

Après l'atterrissage, je prends tout mon temps pour partir, au grand regret des hôtesses de l'air. Elles soupirent bruyamment chaque fois que je revérifie mon siège et j'entends l'une d'entre elles suggérer de se mettre à plusieurs pour me faire descendre de force de l'avion.

— Mademoiselle Grey, s'agace une hôtesse brune en tapant du pied. Ça fait vingt fois que vous regardez dans le compartiment à bagages. Il n'y a rien, *absolument rien* là-dedans qui vous appartient. Nous devons toutes les trois embarquer sur un autre vol, et je n'ai aucune envie de devoir appeler la sécurité de l'aéroport juste avant Noël à cause de vous.

— Ils me garderont en cellule combien de temps s'ils m'arrêtent ? On parle de plusieurs heures ou de plusieurs semaines ?

Elle me regarde, l'air de dire « vous n'avez pas envie de le savoir », et me montre la sortie du doigt.

Vaincue, je traîne ma valise sur la passerelle. Sur le chemin pour récupérer les bagages, je m'arrête dans chaque boutique que je croise, laissant tout le temps à l'univers d'ouvrir un gouffre sous mes pieds dans lequel je pourrais disparaître.

Lorsque j'arrive dans la zone de transport, le dernier rayon de soleil s'éteint lentement. Je cherche donc parmi mes applications et commande un Uber.

Quand j'ai fini, je plisse les yeux en apercevant un visage familier sur le trottoir : ma cousine perdue de vue depuis longtemps, Taryn.

Pouah. Je la préfère en bonhomme de pain d'épices décapité.

Vêtue de vert et de rose, les couleurs de sa sororité, elle jette ses cheveux par-dessus son épaule avant de faire signe à un chauffeur.

Je sens mon cœur se serrer en la voyant. Je sais que je ferais mieux de tourner la tête et de faire comme si elle n'existait pas, mais je ne parviens pas à détourner le regard. Elle fait cet effet-là à tout le monde.

À part ma grand-mère, qui est une véritable légende dans le coin, Taryn est celle qui a le mieux réussi dans la famille. Et elle fait tout ce qu'elle peut pour que tout le monde le sache.

Elle ne se contente jamais d'envoyer une simple carte de vœux ou d'anniversaire ; il faut aussi qu'elle offre une nouvelle montre Cartier avec une parure de diamants taillés sur mesure. Elle ne peut pas s'empêcher de lancer des petites phrases du genre « Quatre cents dollars ? C'est le prix de mon déjeuner. » ou « Ce sac te plaît ? C'est vrai qu'il n'est pas trop mal pour dix mille dollars. ».

Et elle maîtrise l'art de la manipulation.

Quand on m'a refusé l'entrée dans la sororité Alpha Kappa Alpha, elle a fait tout ce qu'elle a pu pour l'intégrer et n'a pas hésité à me jeter son admission à la figure dès que l'occasion se présentait. Elle m'invitait à des soirées réservées aux membres de la sororité, et, quand je lui ai demandé d'arrêter, elle m'a répondu : « Pourquoi ? Ça ne te donne pas envie de te surpasser ? »

Devenir l'une des premières youtubeuses à percer et à gagner un salaire à six chiffres avec sa chaîne l'a rendue dix fois plus égocentrique et insupportable.

Surtout pour *moi.*

Elle fait claquer les semelles rouges de ses Louboutin sur le trottoir et appelle de nouveau le chauffeur.

Soudain, elle croise mon regard et sourit.

— Eh bien, bonjour, petite cousine ! Tu grandis tellement vite !

— Tu as *deux jours* de plus que moi.

— Je ne savais pas que tu étais de retour !

Elle m'attire vers elle pour me faire un câlin dont je ne veux pas, en me serrant juste un peu trop fort.

— Qu'est-ce qui t'amène, cette année ? demande-t-elle.

— Mon entreprise a privatisé l'hôtel de grand-mère pour un séminaire. Je suis toujours chez West Média.

— Eh bien, ce n'est pas mal, commente-t-elle. On m'a dit que tu étais conseillère principale, mais… tu travailles toujours pour quelqu'un d'autre. De nos jours, c'est loin d'être suffisant.

Univers, je t'en prie, ouvre le gouffre, maintenant, que je puisse l'entraîner vers le fond avec moi.

— Tu sais, je me souviens de quand j'avais encore un emploi classique, quand je n'avais aucune idée de jusqu'où je pourrais aller si je travaillais à mon compte, reprend-elle. J'espère vraiment que tu arriveras à mon niveau un jour, Savannah. Alors, peut-être que tu pourras intégrer le comité administratif de Delta Sigma Theta, au lieu d'Alpha Kappa Alpha. J'ai entendu dire qu'ils prennent en pitié les gens comme toi.

Je lève les yeux au ciel.

— J'ai un Uber à prendre, l'interromps-je en faisant un pas en arrière. Je suis sûre qu'on se verra plus tard.

— Tu ne veux pas monter dans ma nouvelle Mercedes ? lance-t-elle en souriant tandis que la voiture gris métallisé se gare à côté d'elle. Certes, la conduite n'a rien à voir avec ma Lamborghini, mais je l'ai prêtée à une ancienne camarade de classe pour le week-end. Tu sais, Monica, la fille avec qui j'étais en colocation à Spelman Grad… Je n'arrive toujours pas à croire que j'y ai été acceptée avec une bourse d'étude complète et qu'ils ne t'ont même pas acceptée en licence ! Mais tu as quand même été prise à Harvard, après le bac, non ?

Elle tapote ses lèvres avant de reprendre :

— Oh, attends. Bien sûr que j'y crois, vu que c'est ce qu'il s'est passé.

Je me demande sérieusement si je peux me permettre de me faire virer, parce que j'ai très envie de la frapper, là, tout de suite.

— Je n'ai pas besoin qu'on me dépose, dis-je en esquissant un sourire forcé. On se verra à l'hôtel.

Je tourne les talons avant qu'elle n'ait le temps de répondre, en murmurant « premier avertissement » entre mes dents, tout en priant pour qu'elle se fasse frapper par la foudre dans la foulée.

***

Sur le chemin de l'hôtel, le chauffeur se trompe deux fois de direction et je fais comme si je ne savais pas que la bonne rue se trouve à cinq kilomètres. Je ferme les yeux et le laisse se débrouiller tout seul. Je me prépare psychologiquement à la réaction de ma grand-mère en me voyant revenir pour la première fois en huit ans.

Je sais qu'il vaut mieux que je ne passe pas par l'entrée principale comme mes collègues ; ça ne ferait que retarder les regards désapprobateurs et la cacophonie inévitables, et je veux me débarrasser de ça une bonne fois pour toutes.

Je m'attends à ce que mes tantes et mes cousins me considèrent comme une sorte d'étrangère perdue de vue, qui ferait mieux d'aller mendier l'amour d'une autre famille pour Noël. À ce qu'ils me traitent comme un bibelot abîmé que personne ne veut toucher.

Tu peux le faire, Savannah. Tu vas y arriver.

— J'ai enfin trouvé, mademoiselle.

La voix du chauffeur me fait lever les paupières. Il descend de la voiture et ouvre la portière arrière, me plongeant dans un monde merveilleux, qui semble s'être récemment agrandi.

Si l'on en croit le panneau que tient l'écureuil géant, les nouveaux aménagements comportent une station de ski agrandie, un restaurant étoilé et un parcours de golf dernier cri.

Je prends une grande inspiration et donne cinq coups à la porte.

Personne ne répond, mais j'entends des rires et de la musique provenant de l'intérieur.

Je respire profondément de nouveau et frappe plus fort.

Au bout de quelques secondes, grand-mère Hattie apparaît, son livre de recettes à la main.

— Eh bien, je commençais à croire que rien ne pourrait te ramener à la maison, pas même ton travail !

Elle sourit et me prend dans ses bras, qui ne m'ont que trop manqué. Immédiatement, les larmes me montent aux yeux.

— S'il te plaît, ne t'avise pas de disparaître de nouveau pendant huit ans, tu m'entends ? murmure-t-elle. Je suis la mère de ta mère et j'ai encore besoin de te voir. Je ne peux pas veiller sur toi autant que je le voudrais quand tu es loin…

— Oui, m'dame.

Mes yeux se remplissent de nouveau de larmes, tandis qu'elle s'écarte lentement.

Avant que je n'aie le temps de dire quoi que ce soit d'autre, je suis entourée de mes tantes et de mes cousins qui me serrent dans leurs bras l'un après l'autre.

— On m'a dit que tu avais une brillante carrière à New York.

— Bienvenue à la maison, Savvy.

— Tu nous as manqués.

Ils sortent leur téléphone pour prendre des photos tout en m'embrassant. Ils me défient à la Dame de pique, le jeu de cartes auquel ils jouent tous les ans et auquel je suis sûre de perdre, et se comportent comme si mon absence de huit années n'avait pas duré plus de huit secondes.

À l'autre bout de la pièce, Georgia me fait un clin d'œil et articule en silence :

— Je te l'avais dit, ils t'aiment toujours.

— Cousine Savvy, choisis-moi pour que je te fasse visiter ! s'exclame mon cousin Phoenix en s'approchant de moi.

— Non, moi ! proteste mon autre cousin, Austin, en lui barrant la route.

Ma grand-mère s'éclaircit la voix.

— On se calme, tout le monde ! Savannah est à la maison, mais souvenez-vous qu'elle a aussi des obligations professionnelles pendant son séjour. Laissez-la d'abord s'installer dans sa suite et travailler, et, ensuite, vous pourrez l'embêter autant qu'il vous plaira, n'est-ce pas ? demande-t-elle en se tournant vers moi.

— Tout à fait.

Les enfants se réjouissent à cette dernière annonce et Hattie s'approche de moi en me tendant une clé magnétique.

— La bonne nouvelle, c'est que tu as la plus belle suite du bâtiment G, lance-t-elle en me tapant gentiment dans le dos. La mauvaise, c'est que tu es la petite-fille de la propriétaire et que tu vas me promettre de lever le pied sur les réunions pour participer au dîner de dégustation avec moi et le reste de la famille, vendredi soir à vingt-et-une heures.

— C'est promis.

Je la prends une dernière fois dans mes bras avant de m'éloigner.

Je fais rouler ma valise jusqu'à l'ascenseur et me rends au dernier étage. En arrivant à ma chambre, je souris en voyant la bannière vert vif accrochée au-dessus de la porte : « Bienvenue à la maison, Savannah. »

J'entre, appuie sur l'interrupteur et laisse échapper un soupir. Je m'apprête à aller dans la salle de bains, quand j'entends la porte se refermer toute seule.

— *Il faut qu'on parle*, murmure Garrett, qui se tient soudain juste derrière moi, la bouche tout près de mon oreille. *Maintenant.*

Les poils se dressent sur ma nuque et je me retourne lentement pour me retrouver face à lui. J'ouvre la bouche pour parler, mais aucun mot n'en sort. Je reste interdite devant une vision aussi sexy.

Sa chemise blanche est déboutonnée et laisse apparaître son torse et ses abdominaux sculptés. Il ne me lâche plus du regard et m'observe de haut en bas, en me faisant très clairement comprendre qu'il ne me laissera pas quitter cette pièce.

Je retiens mon souffle et il s'approche encore.

De quoi voulez-vous parler, exactement ?

Je n'arrive toujours pas à prononcer ces mots, mais il me regarde comme s'il pouvait lire dans mon esprit.

À mon tour, je lis dans ses pensées :

De moi, en train de vous baiser.

Je suis son regard qui vient se poser sur mon « cadeau », sur la table de nuit.

Il efface la distance qui nous sépare et saisit ma nuque dans le creux de sa main.

— Dites-moi que vous avez envie de moi…

— C'est faux, rétorqué-je. Vous êtes mon patron.

— Ah bon ? s'amuse-t-il, avec un sourire en coin. Nous savons tous les deux que ce n'est pas le cas, techniquement.

— Si ce n'était pas le cas, je peux vous assurer que je ne serais pas à votre séminaire. Je n'y mettrais jamais les pieds.

— Vous viendriez quand même à chacun d'entre eux, parce que, *moi,* j'y serais, affirme-t-il en effleurant mes lèvres des siennes. Et si j'en crois la carte de votre sœur, vous rêvez de vous asseoir sur mon visage et de vous faire prendre par-derrière…

— Elle ment.

— Prouvez-le, ordonne-t-il en m'observant de haut en bas. Si ce n'est pas vrai, dites-moi de partir, maintenant.

Je ne prononce pas un mot.

Soudain, il plaque sa bouche sur la mienne et je m'accroche au rebord de la fenêtre tandis qu'il mordille ma lèvre inférieure pour me provoquer.

— Laissez-moi faire…

Il force sa langue entre mes lèvres, ordonnant que je le laisse passer.

— Laissez-moi faire, Savannah…

Je m'agrippe encore plus fort et m'abandonne, tout en gémissant tandis qu'il prend le contrôle de ma bouche avec la sienne. Ses baisers sont à la fois passionnés et dominateurs, et, chaque fois qu'il murmure mon prénom, la tension insupportable et qui n'existe que depuis trop longtemps entre nous s'évanouit un peu plus.

— Bordel… lâche-t-il dans un souffle, en glissant sa main sous ma jupe.

Mes tétons se durcissent sous mon chemisier, tandis qu'il passe ses doigts dans ma culotte et me la retire d'un coup sec. Elle tombe par terre sans difficulté et il pose son pouce contre mon clitoris complètement trempé.

— Ahhh…

Je gémis alors qu'il glisse deux doigts en moi avant de faire de lents va-et-vient avec sa main.

— Tu sais que je vais te baiser bien plus profondément que ça, n'est-ce pas ?

C'est une question rhétorique, je sais qu'il n'attend pas de réponse.

Il sourit pendant que je vais et viens contre ses doigts, puis je gémis en lui indiquant qu'il a trouvé mon point G et que j'en veux encore plus. Je pose ma paume sur son pantalon et sens sa queue se durcir.

Avec sa main libre, il sort un préservatif de sa poche, puis murmure :

— Prends-la.

Je m'exécute tandis qu'il plaque ses lèvres dans le creux de mon cou, couvrant ma peau de longs et intenses baisers.

J'écarquille les yeux en sortant lentement son membre de son boxer, tout en le caressant de haut en bas. Je me sens rougir en voyant qu'il suit mon regard.

Il retire ses doigts en laissant échapper un rire bas et prend le préservatif. Il le place juste devant ma bouche, m'ordonnant en silence de l'ouvrir avec mes dents.

J'obéis et il le déroule lentement sur toute la longueur de son membre. Puis, sans prévenir, il me retourne contre la vitre.

— Accroche-toi au rebord, m'ordonne-t-il en m'attrapant fermement les fesses.

J'arrive à peine à bouger. Je sens encore les pulsations de plaisir intenses que me donnaient ses doigts à l'instant.

— Savannah, accroche-toi au rebord, répète-t-il.

J'enfonce mes ongles dans les moulures et il dépose un baiser sur ma nuque avant de se glisser en moi, centimètre par centimètre.

— *Ahhhh*... Mon Dieu...

Je gémis, il prend son temps pour me combler entièrement, et je laisse échapper un cri à chaque fessée qu'il me donne.

Une fois qu'il est tout au fond, il me murmure à l'oreille :

— C'est tellement bon d'être en toi...

Il se répète plusieurs fois, puis sort entièrement, avant de me pénétrer de nouveau, encore et encore.

— Garrett... gémis-je en criant presque.

— Putain, Savannah...

Il attrape une poignée de mes cheveux et je lui rends chacun de ses coups de reins, tandis qu'il me mordille la peau du cou avec ses dents chaque fois que je prononce son nom.

Je me mords la lèvre inférieure en sentant mon entrejambes se resserrer autour de son membre et mes tétons durcis se plaquer contre le verre froid. Chaque coup de reins, chaque baiser pressé contre ma nuque me rapproche de l'orgasme.

Tout à coup, j'entends quelque chose vibrer doucement et sens qu'il plaque le vibromasseur contre mon clitoris.

Mes yeux s'ouvrent en papillonnant et je croise son regard dans le reflet de la vitre.

— C'est ce que tu utilisais en pensant à moi ? demande-t-il avant de changer de mode, mais sans ralentir le rythme de ses va-et-vient. Dis-le-moi...

Je suis incapable de répondre, je peux à peine parler. Entre le plaisir qu'il me donne avec son membre et celui des vibrations contre mon clitoris gonflé, c'en est trop ; je ne peux rien faire, à part gémir.

— Ça fait tellement longtemps que j'ai envie de toi, Savannah, susurre-t-il. Tellement longtemps, bordel…

Je sens les secousses de plaisir monter en moi et mon ventre se tordre dans l'attente. Une vague de chaleur me traverse le corps et je lâche le rebord de la fenêtre, incapable de me maintenir une seconde de plus. Comme si Garrett pouvait me sentir lâcher prise, il m'attrape par les hanches et me maintient fermement, tandis que je tremble de tout mon corps en hurlant de plaisir.

Il fait quelques lents va-et-vient supplémentaires et se laisse aller à son tour. Puis, il se redresse et m'embrasse dans le cou, jusqu'à ce que je ne tremble plus.

Il se retire doucement, enlève le préservatif et le jette à la poubelle. Ensuite, il me retourne, face à lui, et prend à nouveau possession de mes lèvres.

Lorsque je suis à bout de souffle, il se détache de ma bouche et commence à m'embrasser dans le cou et sur la poitrine. Il suçote lentement chacun de mes tétons.

— J'ai encore envie de toi, déclare-t-il en levant le regard vers moi. Cette fois, je veux pouvoir te regarder dans les yeux…

Chapitre 14

SAVANNAH

Noël, cette année
Colorado Springs, Colorado

Quelques heures plus tard

Garrett fait courir ses doigts sur mes lèvres alors que je suis assise sur ses genoux. Un torrent d'eau chaude se déverse sur nous, et, s'il ne me retenait pas, je suis certaine que je m'effondrerais sur le sol.

Je n'avais jamais eu d'orgasme avec quelqu'un auparavant, et encore moins trois fois de suite.

Pour la première fois de ma carrière, je n'ai vraiment aucune envie de travailler pour le reste de la semaine. Tout ce que je veux, c'est rester dans ma chambre et le laisser faire ce qu'il veut de moi, encore et encore.

Il incline mon visage vers lui en prenant doucement mon menton entre ses doigts.

— On pourrait se dispenser de la réunion de demain, non ? demande-t-il en me regardant.

— *Pardon* ? lâché-je, les yeux écarquillés.

— Tu m'as très bien entendu, est-ce qu'on peut manquer la réunion ? Celle-ci et celle d'après-demain ?

— Tout dépend ce que tu comptes faire de tout ce temps libre.

— Je compte m'occuper de *toi.*

Je rougis.

— Tous les autres sont quand même obligés d'assister au séminaire ?

— Plutôt deux fois qu'une, répond-il en souriant. C'est obligatoire, pas d'exception.

— Y compris les cadres supérieurs et toi-même, me moqué-je, en récitant le texte de sa fameuse note interne. Tu serais un sacré hypocrite, si tu prenais un jour de repos.

— Pas forcément, objecte-t-il en posant ses lèvres sur les miennes. Tu es mon unique exception, depuis le premier jour.

Chapitre 15

Troll-ton boss, forum 1.0
Objet : Garrett West

Yardley34 : Quelqu'un sait pourquoi le décor pour la cérémonie de la rose n'est pas encore installé ? N'est-ce pas ce que notre cruel Sauveur fait en premier en arrivant au séminaire, d'habitude ?

LilyV8 : Hmmm. C'est bizarre. Peut-être qu'il n'y aura pas de cérémonie, cette année. Si c'est le cas, ça veut dire qu'on n'aura pas d'augmentation ? J'ai bossé comme une dingue toute l'année.

Russ76 : Monsieur West ne s'est pas présenté à la réunion logistique cette après-midi, alors on s'est tous soûlés avant d'aller voir la nouvelle station de ski. Maintenant que j'y pense, @SavannGrey n'y était pas non plus. T'es là, @SavannGrey ?

PollyOndesPositives83 : Quelqu'un devrait peut-être aller frapper à la porte de sa chambre pour voir si tout va bien. Je veux dire, il pourrait être en train de faire une grave intoxication alimentaire. Peut-être qu'il est très malade. Parfois, j'ai l'impression que, tout ce qui vous intéresse, c'est de venir ici pour dire du mal de lui sans aucune raison. C'est vrai qu'il est dur avec nous la plupart du temps, mais il nous paye vraiment bien et ce séminaire est un bon moyen de resserrer les liens entre collègues !

Heather20 : Euh… L'un des administrateurs pourrait-il intervenir et se dépêcher de modérer cette conversation ?

LilyV8 : J'ai dix coups d'avance sur toi, @Heather20. J'ai bloqué Polly et ses quatre-vingt-trois autres profils « OndesPositives ». Qui l'a laissée intégrer ce forum, bordel ? Et j'insiste, où est passée @SavannGrey ?

Chapitre 16

GARRETT

Noël, cette année
Colorado Springs, Colorado

Après avoir passé toute la journée à m'envoyer en l'air, j'arrange l'oreiller derrière la tête de Savannah.

— Essaye de dormir, maintenant, lui ordonné-je.

— Ce n'est pas facile de dormir quand on a des courbatures partout, rétorque-t-elle d'une voix cassée. Mais, juste pour que ce soit clair, c'est juste un coup comme ça, ça ne se reproduira pas.

— C'est plutôt *vingt coups* comme ça, à ce stade, mademoiselle Grey. Et je n'ai pas du tout l'intention de m'arrêter là.

Elle rougit et je replace son oreiller une fois de plus.

— Je reviens, lancé-je en attrapant mon téléphone.

Je vais sur le balcon et cherche le nom de Seth dans mes contacts. Je veux m'assurer qu'il sait qu'il est viré, mais constate qu'il m'a déjà envoyé un message.

Seth : Amélie a dit OUI ! Au cas où ça t'intéresse.

Moi : Ça m'intéresse. Félicitations. Comment va-t-elle, en sachant que son futur mari est sans emploi ?

Seth : Plutôt très bien, puisqu'il n'aura plus à travailler pour un PDG qui se nourrit de son âme.

Seth : D'ailleurs, c'était vraiment nécessaire d'affréter un jet juste pour que quelqu'un me remette les papiers de rupture du contrat ?

Moi : Non, mais je voulais que tu saches que je suis un homme de parole.

Seth : Va te faire voir. LOL. Quand fais-tu ta demande à Savannah ? (Tu lui as enfin parlé en face à face ?)

Moi : Je crois qu'il est un peu tôt pour aborder le sujet. Nous ne sommes pas amoureux. (Oui.)

Seth : MDR. OK.

Moi : Je ne vois pas ce qu'il y a de drôle. C'est la vérité.

Seth : Je t'en prie, Garrett, dis-moi que tu n'es pas bête à ce point. Dis-moi que tu plaisantes, là.

Je lève les yeux au ciel et mets la conversation en sourdine.

— Garrett ?

Je me retourne en entendant la douce voix de Savannah. Elle est assise dans mon lit, à présent, un de mes ordinateurs portables entre les mains, encore nue.

— Je suis vraiment trop courbaturée pour dormir. Ça ne t'embête pas si on revoit quelques dossiers ensemble ? demande-t-elle. Enfin, rien de trop compliqué, vu que c'est encore notre jour de repos.

Je souris, sans vraiment comprendre pourquoi le fait qu'elle parle de travail m'excite.

— Bien sûr. Tu veux qu'on en fasse combien ? Cinq ?

— Plutôt une dizaine.

Dans sa bouche, ça veut dire cinquante.

Chapitre 17

SAVANNAH

Noël, cette année
Colorado Springs, Colorado

Quelques jours plus tard

Dès l'instant où nous sortons de l'ascenseur, Garrett et moi sommes accueillis par l'odeur alléchante du dîner de grand-mère Hattie. Comme si nous avions oublié les convenances professionnelles, Garrett glisse son bras autour de ma taille et dépose un baiser sur ma joue. Je me penche contre lui tandis que nous traversons le hall d'entrée désert.

En arrivant à la table confectionnée sur mesure pour la dégustation, je m'aperçois que nous avons plus d'une heure de retard. Cependant, personne ne semble le remarquer. Nos places attitrées se trouvent en bout de table et les convives sont bien trop captivés par les énormes plateaux de roulés et de biscuits.

— On pourrait prendre des congés jusqu'à la fin de la semaine, non ? murmure-t-il à mon oreille en me tendant une serviette.

— Ça nous ferait manquer un tiers du séminaire.

Je n'ai rien contre cette idée, du moment qu'on travaille un minimum.

— Tu ne crois pas que tout le monde va remarquer notre absence ? demandé-je.

— Si, ils seront ravis, répond-il en souriant et en parlant toujours à voix basse. C'est oui ou non ?

— D'accord, acquiescé-je.

— Très bien.

Il caresse ma cuisse sous la table.

— Hum, hum, la terre appelle Savannah ? La terre appelle Savannah ?

La voix de Georgia me tire brutalement de mon état de transe.

— Oui ?

— Pourrais-tu nous rejoindre dans le monde réel et faire passer les biscuits, s'il te plaît ?

— Oh, c'est vrai. Pardon.

Je prends un panier de gâteaux et le lui tends.

— Que penses-tu du nouveau parcours de golf que nous sommes en train d'installer, Savannah ? m'interroge une de mes tantes. J'ai rencontré le designer à La Nouvelle-Orléans et il est venu spécialement pour le construire.

— J'ai aperçu les lumières, mais je ne l'ai pas encore vu en entier, expliqué-je. J'avais l'intention d'aller y faire un tour, demain.

— Ne fais pas ça, s'il te plaît, dit-elle en souriant. Réserve plutôt une calèche pour le visiter.

— As-tu remarqué le chauffage par le sol dans la salle de bains ? demande ma cousine Joy. C'était mon idée, et grand-mère l'a fait installer dans toutes les suites. Des fois, je m'assieds par terre pour bouquiner.

— Pas encore, non, mais je l'allumerai dans ma chambre, ce soir.

— Mais *bien sûr*, lance Taryn en me jetant un regard accompagné d'un de ses sourires forcés dont elle a le secret.

Je m'apprête à lui rendre son rictus, quand j'aperçois son T-shirt. Sous son blazer gris et blanc Versace, on peut lire les mots : « Université Spelman. Beaucoup d'appelés, peu d'élus. Je suis l'un d'entre eux… »

C'est bas, même pour elle.

Deuxième avertissement.

— Eh bien, j'ai décidé que j'allais te faire visiter le tout nouveau marché de Noël, annonce Georgia. À moins que tu ne l'aies déjà vu.

Je n'ai pas le temps de lui répondre.

— Je doute sincèrement qu'elle ait remarqué quoi que ce soit, l'interrompt Taryn en pinçant les lèvres. Elle n'a sûrement rien vu, à part sa chambre et le hall d'entrée. Je veux dire, vous savez bien qu'elle ne vient jamais ici. Certains de mes ex-petits amis connaissent mieux cet hôtel qu'elle.

On entend quelques rires dans la pièce, et je reste immobile.

Je sens la colère monter en moi.

— Elle avait ses raisons, intervient grand-mère Hattie. Tout ce qui compte, c'est qu'elle est de retour, à présent.

Taryn lève les yeux au ciel.

— Mais est-ce vraiment le cas ? Elle est seulement là à cause de son *travail*.

— Ça compte quand même, argue Georgia en plantant sa fourchette dans son dessert. Au lieu de chipoter sur le fait qu'elle ne rentre pas souvent, pourquoi tu ne suggères pas quelque chose qu'elle pourrait voir pendant son séjour ?

— Tu as tout à fait raison, Georgia.

Taryn s'éclaircit la voix, et me gratifie de nouveau d'un sourire forcé.

— Ma chère cousine, je t'encourage vivement à regarder le spectacle des lumières qui a lieu sur le lac, le matin. Tu peux le voir depuis ton balcon, reprend-elle. Ceci dit… puisque tu passes toutes tes nuits enfermée dans la chambre de ton patron, tu seras ravie d'apprendre que le lac se trouve de l'autre côté du bâtiment principal. Donc, dès que vous aurez fini de discuter de ta prochaine promotion sur l'oreiller, vous pourriez peut-être aller vous promener dehors et apprécier autre chose que vos corps respectifs. Car, qui sait quand tu reviendras juste pour voir ta famille…

Putain de troisième avertissement.

— Tu veux savoir pourquoi j'ai arrêté de venir ici, Taryn ? lâché-je en jetant ma fourchette dans mon assiette. Tu veux vraiment que je te le dise, bordel ?

— *Savannah Marie Grey*, surveille ton langage, me réprimande ma grand-mère.

— J'ai arrêté de venir à cause de *toi.* Ce n'était pas à cause du chagrin d'avoir perdu mes parents dans un accident, mais à cause de toi.

J'en ai plus qu'assez de ses conneries.

— Parce que je ne pouvais pas passer Noël sans que tu te donnes tout ce mal pour me faire sentir comme une moins que rien. Et même avec ça, tu m'envoyais quand même des cadeaux qui coûtaient la moitié de mon salaire, juste pour me montrer quelle pétasse arrogante tu es, poursuis-je.

La salle est plongée dans le silence et je sens les larmes me monter aux yeux. Mais je ne les laisse pas couler.

— Et tu savais exactement ce que tu faisais. Les petites piques que tu essayais de faire passer pour des blagues, les comparaisons *permanentes*, le fait de dénigrer ma vie, à quel point elle était moins bien que la tienne, simplement parce que j'ai choisi de travailler pour une entreprise au lieu d'être à mon compte.

Je me lève, sans la quitter des yeux.

— J'ai compris, OK ? Tu es une multimillionnaire partie de rien, dans le top trente des moins de trente ans et un « requin en herbe ». Félicitations. Tu es aussi numéro un sur ma liste noire, alors n'hésite pas à t'en vanter la prochaine fois que tu voudras m'adresser la parole. Oh, et une dernière chose.

Je lui lance un regard noir tout en m'éloignant de la table.

— Je n'ai *jamais* couché pour réussir et je n'ai jamais mis des bâtons dans les roues de quelqu'un d'autre pour arriver là où j'en suis. Ça, c'est *ta* spécialité. Et je suis amoureuse de mon patron, et ce depuis très longtemps, alors va te faire voir.

Furieuse, je quitte la salle sans ajouter un mot.

Chapitre 18

SAVANNAH

Noël, cette année
Colorado Springs, Colorado

Calme-toi, Savannah. Calme-toi.

Mon seul regret est de ne pas avoir immortalisé la tête qu'a faite Taryn au moment où je lui ai donné exactement ce qu'elle méritait. Bon, je regrette aussi d'avoir annoncé à toute ma famille que j'étais amoureuse de Garrett, parce que c'est sorti tout seul, et je sais qu'il me balancera bientôt un «Hé… Ne brûlons pas les étapes.».

Il faut que je me détende. Je me rends à une conférence nocturne et prends un verre de vin sur le buffet au fond de la salle. Alors que j'enfourne un cookie dans ma bouche, Garrett m'attrape par-derrière et me traîne jusque dans le couloir.

Il me plaque contre le mur, puis m'observe.

— Pour ce que j'ai dit pendant le dîner… balbutié-je, en m'éclaircissant la voix. Je ne voulais pas précipiter les choses ou…

— Moi aussi, je t'aime, m'interrompt-il en me regardant dans les yeux et en prenant mon visage entre ses mains. Mais puisque c'est le moment des grandes révélations sorties de nulle part, j'en ai quelques-unes à te faire, ça ne t'embête pas ?

Je secoue la tête et il m'embrasse, longtemps et intensément, jusqu'à ce que j'en ai le souffle coupé.

— Premièrement, reprend-il en s'écartant lentement. J'ai bien fait exprès de demander à l'agent de voyage de réserver cet hôtel.

Il pose son index sur mes lèvres avant que je n'aie le temps de répondre.

— Deuxièmement, j'ai aussi aidé ta grand-mère à engager la personne qui a décoré ton appartement il y a plusieurs semaines.

Sa voix se brise pendant quelques secondes.

— Tu parlais beaucoup trop du fait que ta famille te manquait pour rester loin de chez toi une année de plus. Personnellement, je tuerais pour revenir sur certaines décisions que j'ai prises concernant ma famille. Alors, je ne voulais pas que tu fasses la même erreur que moi.

— Ils ne me détestaient pas, contrairement à ce que je pensais…

— Ils ne t'ont jamais détestée, rectifie-t-il. Tout ça, c'est dans ta tête.

— Tu vas me faire un troisième aveu qui justifie enfin pourquoi tu continues à organiser ce séminaire de Noël ? Est-ce parce que ça te rappelle la période où tu t'entendais mieux avec ton père ?

— Pas vraiment, répond-il en souriant, tout en caressant ma joue avec son pouce. C'est pour ma mère. Elle adorait tout ce qui touchait au mois de décembre et elle était fan du *Bachelor*. Chaque jour du dernier mois de l'année, elle organisait un repas avec un thème spécial, et notre présence à Seth et moi était *non négociable*.

Je suis abasourdie. C'est la première fois qu'il me parle autant de sa mère, et pour autre chose que « j'aimerais qu'elle soit encore là » ou « je n'ai pas envie d'en parler ».

— Elle aimait tellement l'émission du *Bachelor* qu'elle suivait chaque épisode et avait créé des forums de discussion avec d'autres fans. Elle a même réussi à nous faire culpabiliser, Seth et moi, pour qu'on regarde avec elle. Pour information, personnellement, je trouve que l'émission est nulle à chier, mais je regarde toujours la cérémonie de la rose. Uniquement cette partie, bien sûr.

— Bien sûr, répété-je en souriant.

— Enfin, bref, un jour de décembre, elle est partie acheter de nouvelles couronnes pour accrocher aux fenêtres, mais elle n'est jamais revenue.

Il plonge ses yeux dans les miens.

— Seth, mon père et moi l'avons cherchée partout, pendant des heures. On a dû faire le tour de tous les magasins de décoration, tous les Target et tous les Wal-Mart de la ville. On est arrivés en haut d'une passerelle juste à temps pour voir un hélicoptère l'emporter. On n'a jamais pu lui dire au revoir.

Il soupire.

— Ce jour-là, mon père a commencé à boire et, honnêtement, il n'a jamais arrêté. Il est devenu l'ombre de lui-même et ça l'a rendu méchant, je n'essaye pas de le nier. Ce que je *peux* faire, en revanche, c'est honorer la mémoire de ma mère, en faisant quelque chose qui ne laisse pas indifférent. Que ça plaise ou non…

— Je suis désolée, Garrett.

Ce sont les seuls mots qui me viennent.

— Ne le sois pas, assure-t-il en posant son front contre le mien. Je ne te l'avais jamais dit, auparavant. Je ne t'avais pas non plus dit que je te désirais, et que je veux que ça fonctionne, quoi qu'il puisse y avoir entre nous. Je voudrais que tu me fasses une liste de toutes tes envies dès que tu seras prête. Tu peux faire ça pour moi ?

Je hoche la tête.

— Bien, conclut-il, avant de me prendre la main pour m'entraîner dans un coin. Ça me laisse le reste de la soirée pour subvenir à un besoin que j'aurais dû combler hier.

— De quoi tu parles ?

— De ça.

Il m'attire dans une salle vide.

Il se laisse glisser par terre, dos au mur, puis me tend les mains.

— Je veux que tu t'asseyes sur mon visage…

***

— Je crois que je devrais simplement annuler ce qui était prévu pour le reste du séminaire et laisser les gens faire ce qu'ils veulent, admet Garrett en écartant les boucles de mon front, alors que je me remets d'un autre orgasme qu'il m'a donné avec sa bouche. Pour une raison totalement égoïste, bien sûr.

— Je suis contente que tu prévoies de te montrer aussi «généreux» que tu prétends l'être dans tes notes internes. Ils vont tous penser que tu es sur le point de mourir ou bien que tu tombes fou amoureux de quelqu'un.

— Sûrement, concède-t-il en riant. Mais pour ton information, je suis amoureux de toi depuis l'année dernière. Quand tu as passé six mois à élaborer un plan pour échapper à mon séminaire.

— Tu ne m'as jamais dit comment tu l'as découvert, exactement.

— Je n'ai pas eu grand-chose à faire. J'ai simplement réfléchi à ce que *je* ferais si les rôles étaient inversés. On pense pareil, toi et moi.

Il m'aide à me relever et me maintient contre lui tandis qu'il me conduit dans le hall principal. Alors que nous discutons, nous tombons nez à nez avec Taryn, les yeux remplis de larmes.

RECTIFICATION. De larmes de crocodile.

Je m'apprête à lâcher Garrett pour pouvoir la contourner, mais il ne me laisse pas m'écarter.

— Je suis désolée, sanglote-t-elle en se plantant devant moi. Je n'avais aucune idée de ce que tu ressentais.

— Eh bien, maintenant, tu le sais.

— Chuuuut ! intime une voix qui semble venir du bout du couloir.

Pourtant, je ne vois personne.

— Je voudrais me rattraper en t'invitant à dîner ou quelque chose comme ça, avant que tu partes, et je voudrais te dire la vérité, reprend-elle avant de lever les yeux vers Garrett. Si ton petit ami est d'accord, bien sûr.

Comme si elle sentait que sa présence me mettait toujours mal à l'aise, et que quelques heures et un maigre «je suis désolée» n'allais pas suffire à l'enlever de la liste des gens que je déteste, elle attrape ma main.

— Je n'ai jamais fait de master à Spelman, parce que ça n'existe pas ; c'est seulement une licence… Et il m'a fallu six ans pour l'avoir.

Elle laisse échapper un soupir.

— Ma Maserati et ma Mercedes sont en leasing, et j'ai été acceptée de justesse à Alpha Kappa Alpha. J'ai dû supplier la moitié de mes professeurs pour qu'ils modifient mes notes.

Une fois qu'elle a fini de parler, Garrett dépose un baiser sur ma tête, puis murmure :

— Passe du temps avec ta famille.

Il fait un signe de tête à Taryn, puis s'éloigne.

J'attends qu'il disparaisse et serre la main de ma cousine.

— Un dîner, ce serait bien. Tu peux me montrer le meilleur restaurant de l'hôtel encore ouvert à cette heure-ci ?

— Oui, dit-elle en déglutissant. C'est toujours celui de grand-mère Hattie. Ça n'a pas du tout changé, en huit ans.

Je souris et la prends dans mes bras, pour une embrassade dont j'ai vraiment envie, cette fois.

— Tu aurais dû la faire ramper bien plus que ça ! lance Georgia depuis le bout du couloir en riant. Je l'ai laissée ramer pendant une heure entière avant d'accepter ses excuses. Et voiture en leasing ou pas, c'est elle qui régale, ce soir !

Chapitre 19

Noël, cette année

URGENT :
Note interne de West Média

Très chers employés,
Le séminaire de Noël de cette année n'a commencé que depuis quelques jours.
Bien que ce soit une tradition, à la lumière des récentes circonstances, j'ai décidé d'opérer quelques changements.
Si vous souhaitez rentrer chez vous pour le reste des fêtes de fin d'année, afin de passer du temps avec vos familles et vos amis, merci de vous adresser au service logistique dans le hall d'entrée, afin d'organiser le planning de décollage à l'aide d'un ou plusieurs de mes avions.
Si vous souhaitez rester, vous n'avez plus l'obligation d'assister aux réunions prévues.
Le séminaire de cette année est officiellement annulé.
Cependant, je serai heureux de vous croiser dans le complexe hôtelier si vous choisissez de rester.
La cérémonie de la rose aura lieu à une date ultérieure dans nos bureaux de New York.
Cordialement,

Garrett West
PDG de West Média International

PS : Le séminaire de l'année prochaine se déroulera comme prévu.

L'industrie du divertissement ne dort jamais, mais on peut faire une exception, cette année.

Chapitre 20

SAVANNAH

Noël, cette année
Colorado Springs, Colorado

Garrett et moi sommes assis à l'intérieur de la loggia de sa suite présidentielle. Ma tête est posée sur son épaule et il me caresse le dos, alors que les employés laissent exploser leur joie un peu plus bas.

Ils courent dans la neige avec des feux de Bengale, rient et boivent autour de feux de camp, et j'en aperçois plusieurs qui dansent dans les calèches.

— Je crois qu'il faut que j'annule mon dernier message, lance Garrett. Les employés sont beaucoup trop heureux, et, en tant que « Satan incarné », je ne suis pas sûr que ça me plaise.

Je me mets à rire.

— Combien de personnes ont répondu à ta proposition de prêter tes avions ?

— Pas une seule, répond-il en souriant. Je crois qu'au fond, tout le monde aime mes séminaires de Noël.

— Non, je suis sûre qu'ils les détestent. Mais le séjour est tous frais payés, et sans les obligations professionnelles, ça vaut plus que le coup de rester.

— Tu marques un point.

— J'ai réfléchi à plusieurs choses dont je pourrais avoir «besoin» pour que ça fonctionne mieux pour moi, commencé-je en me redressant un peu, tandis que l'un des employés lance des feux d'artifice dans le ciel. J'ai fait une petite liste.

— J'écoute.

— Je ne veux plus que tu sortes avec d'autres femmes.

— Ça va de soi, m'accorde-t-il en souriant. J'attends la même chose de toi.

— Je veux être une exception et avoir le droit de prendre des jours de congés au mois de décembre.

— Ça aussi, c'est acté. Je t'ai donné trois jours, cette année.

— De *vrais* jours de congés, Garrett, rétorqué-je en secouant la tête. Pendant lesquels je peux travailler sur ce que je veux, et seulement si je décide de faire quoi que ce soit.

— D'accord. Quoi d'autre ?

— Il me faut un bureau plus grand, mais pas n'importe quel bureau. Je veux qu'il soit considérablement plus grand que le tien. Car en tant que conseillère, tu as plus besoin de moi que je n'ai besoin de toi.

Il lève les sourcils, on dirait qu'il s'apprête à refuser et à se quereller avec moi, mais il se met à rire à la place.

— Je demanderais à un architecte de proposer des idées de plan, demain matin. Autre chose ?

— Je veux qu'on s'envoie en l'air au bureau.

— C'est ce qui va se passer à la minute où on sera de retour, affirme-t-il avec un sourire en coin. Mais je suis ravi de constater que ta liste est assez simple. Je peux te donner la mienne ?

— J'écoute.

— Je veux que tu portes des robes plus souvent au travail. Ça m'excite.

— Je viens d'acheter quarante nouveaux tailleurs-pantalons.

— Je suis sûr que l'Armée du Salut va les adorer, réplique-t-il en riant. Si ton bureau est plus grand que le mien, il faudra que tu m'y invites au moins sept fois par semaine.

— Pour prendre le café ?

— Pour baiser.

Je rougis.

— C'est tout ?

— Je veux aussi que tu retires tous tes messages qui disent du mal de moi sur le forum de Troll-ton-boss.

— Je ne vois pas du tout de quel forum tu parles.

Et je n'avais aucune idée que tu connaissais son existence.

— Tu as sept jours.

— Je les effacerai au bout de six jours.

— Merci.

Il penche légèrement la tête sur le côté.

— Tu sais qu'il y a un forum privé pour les employés où ils disent aussi du mal de toi, n'est-ce pas ?

— *Quoi* ?! m'exclamé-je en me redressant un peu. Non, c'est faux.

— Oh si, il y en a un, jubile-t-il. Tes collègues jouent sur les deux tableaux depuis un bon bout de temps.

— Tu viens de l'inventer.

J'attends qu'il se mette à rire et me dise qu'il plaisante, mais il n'en fait rien. À la place, il dépose un baiser sur ma joue et sort son téléphone de sa poche.

Il tapote sur l'écran.

— Tiens, vérifie par toi-même.

Troll ton boss, forum 2.0
Objet : Savannah Grey

Russ76 : Rah ! Elle ne vaut pas mieux que lui.

LilyV8 : Carrément, non ? Encore que « pas mieux » serait un compliment. Elle est pire. À mon avis, ils ont tous les deux assisté au cours de Comment être un putain de psychopathe avec ses employés, et elle obtenu un A+.

JerryMkting : Honnêtement, je ne crois pas qu'elle ait vraiment compris pourquoi je lui ai offert le livre Comment survivre à un patron tyrannique l'année dernière. O_o

Heather20 : @JerryMkting, Ahahahah ! Elle a dû croire que tu lui offrais par solidarité par rapport à monsieur West !

JerryMkting : Je savais que j'aurais dû choisir Comment être un meilleur boss à la place. Merde.

Russ76 : @LilyV8, tu me fais penser à quelque chose. Tu crois qu'ils couchent ensemble ? Genre, qu'ils l'ont déjà fait ?

Dale741 : OMG oui ! J'arrive juste à temps sur le forum. Et oui, carrément, ils ont couché ensemble. C'est impossible qu'ils ne l'aient pas déjà fait.

LilyV8 : Je ne sais pas, j'en doute. Ils seraient bien plus cools et détendus si c'était le cas. On n'a pas une ancienne discussion qui traite de ce sujet ?

Heather20 : Si, le lien est juste ici. Il y a plein de photos de tous les deux qui restent au bureau tard le soir (pour info, quand il commande à emporter dans ce resto chic, c'est qu'ils vont travailler ensemble toute la nuit. Le livreur m'a dit qu'ils faisaient ça au moins trois fois par semaine !).

Dale741 : Ils sont tellement obsédés par leur boulot qu'ils parlent sûrement des projets en cours pendant qu'ils baisent. Je parie qu'elle gémit des extraits d'e-mail quand elle jouit.

Heather20 : @Dale741, je les imagine, maintenant : « Ohhh, mon Dieu, monsieur West, je vais... travailler sur le dossier Jaaaaames ! » MDR.

La mâchoire m'en tombe, alors que je parcours des pages et des pages de commentaires. Presque toutes les personnes qui ont rejoint mon forum pour se plaindre de Garrett disent aussi du mal de moi.

— Ça prend combien de temps d'avoir un rendez-vous avec les ressources humaines pour dénoncer le harcèlement d'un collègue ? demandé-je. C'est une *agression.*

Il se met à rire et me reprend le téléphone.

— Encaisse sans broncher. C'est ce que je fais.

— On a le droit de parler de *toi* dans ton dos. Tu es le patron, rétorqué-je, toujours sous le choc de leur trahison.

— Et tu es la meilleure amie du patron. Laisse couler.

Il m'embrasse d'une façon qui me fait momentanément oublier ce que je viens de lire.

— Très bien... soupiré-je. L'autre jour, tu as dit que tu m'avais acheté un cadeau de Noël, tu voulais que je t'y fasse penser.

— Exact.

Il se lève et se dirige vers sa valise, puis en sort une magnifique boîte bleue. Il lisse le côté de l'emballage et me tend le paquet.

— Joyeux Noël, Savannah.

— Merci. Je peux l'ouvrir maintenant ou tu préfères que j'attende ? demandé-je en tirant doucement sur le ruban.

— Comme tu veux.

Je n'hésite pas plus de trois secondes et déchire le papier.

À l'intérieur se trouve une petite boîte noire avec une étiquette disant « Ce que j'aurais dû te donner au séminaire à Hawaï ».

— Je ne suis plus sûre d'avoir envie de l'ouvrir, maintenant, m'inquiété-je. Je me souviens parfaitement de t'avoir dit que je te détestais pendant ce séjour.

— C'est vrai, acquiesce-t-il en souriant. Mais tu l'as déjà déballé à moitié, autant l'ouvrir.

Je soulève le couvercle et découvre un bracelet avec d'un pendentif en forme de « D » orné de trois petits diamants.

— Alors, laisse-moi deviner, commencé-je. C'est un « D » pour « Désolé d'être un horrible patron », ce qui veut dire que j'ai droit à ce cadeau au lieu d'une rose ?

Je souris en passant mes doigts sur le bracelet.

— Non, répond-il. C'est pour Directrice financière, et ça veut dire que tu le mérites. Cependant, après mûre réflexion, il faudra que je te donne les autres lettres quand on sera de retour à Manhattan.

— Pourquoi tu ne peux pas me les donner maintenant ?

— Parce qu'à partir de maintenant, toi et moi allons passer le reste de ce séjour au lit et je vais me faire un plaisir de te faire regretter d'avoir dit que j'ai plus besoin de toi que toi de moi, murmure-t-il en me prenant dans ses bras.

— Je ne vois pas pourquoi, rétorqué-je avec un sourire en coin. C'est la stricte vérité.

Il pose ses lèvres sur les miennes et me plaque contre le mur.

— *Prouve-le.*

FIN

Épilogue

SAVANNAH

Noël, l'année suivante
Manhattan, New York

Troll ton boss, forum 3.0
Objet : Garrett West ET cette fichue Savannah Grey-West

Heather20 : Alors, qu'est-ce qu'on offre à son patron psychopathe et à sa cinglée de directrice financière qui décident de se marier ? C'est pour un ami frustré.

JerryMkting : Je n'arrive pas à croire qu'on doive se les taper tous les deux. Dire qu'on pensait qu'ils seraient plus détendus s'ils couchaient ensemble.

Heather20 : @JerryMkting Ils couchent ensemble ? Ou c'est exclusivement leur job qui les fait jouir ? Je commence vraiment à croire que c'est la seconde option.

Russ76 : La future madame West vient d'entrer dans mon bureau pour me complimenter sur mon travail. À votre avis, je lui dis que sa jupe est coincée dans sa culotte et qu'elle a des marques rouges partout dans le cou ? Genre, en souvenir du bon vieux temps, quand elle était encore l'une des nôtres ?

Dale741 : Nan.

Heather20 : Sûrement pas.

JerryMkting : Laissons la future femme de Satan avoir ce qu'elle mérite…

— Donc, tu es en train de me dire que tu es censé ne jamais répondre à ce genre de message ? Ils sont vraiment méchants, aujourd'hui.

La moutarde me monte au nez en parcourant le dernier fil de discussion du forum, un an plus tard.

— Et alors ? demande Garrett en riant et en me prenant la tablette des mains. Comment crois-tu que je me sentais quand tu disais du mal de moi ?

— À l'époque, je te prenais pour Satan, alors je suppose que tu étais ravi.

— Non, rétorque-t-il en m'attirant sur ses genoux. Ça me faisait beaucoup de peine, en fait. Je me disais : « Comment cette femme peut-elle autant me détester, alors que nous sommes exactement pareils en ce qui concerne le boulot ? »

— Je n'ai jamais rien eu à voir avec toi.

Il sourit.

— Alors, pourquoi ils te détestent encore plus que moi, maintenant ? Tu as décidé de leur accorder du repos pendant le séminaire de cette année, puisque c'est toi qui t'en occupes, à présent ?

— Sûrement pas. C'est *obligatoire* à cent pour cent, et on fera absolument tout ce qui est prévu.

FIN, ENCORE

Note de l'autrice

Cher et merveilleux lecteur,

En 2018, ma sœur et moi avons emmené notre mère à l'hôtel Excellence dont je parle dans ce livre.

Évidemment, aucun patron sexy en costume n'est venu nous chercher pour nous amener à Hawaï (j'aurais bien aimé !), mais les souvenirs que j'ai de ce voyage sont parmi mes préférés.

L'idée m'est alors venue d'écrire ce livre, mais j'étais prise par l'écriture d'un autre roman, *Deux semaines de préavis*, qui nécessitait toute mon attention.

Je me suis fait la promesse de revenir un jour à cette histoire, mais les mois ont passé et je ne trouvais jamais le temps de m'y mettre.

Jusqu'à ce jour.

Je me suis assise derrière mon bureau en octobre 2020 et j'ai mis toute ma volonté pour franchir la ligne d'arrivée, en m'assurant que ce livre était exactement comme je l'imaginais.

Pour l'héroïne, je me suis inspirée de Whitney Houston (ma chanteuse préférée de tous les temps) et de Chris Hemsworth, pour le héros (parce qu'il est sexy, c'est tout).

Imprimé en France
FRHW011224030522
30715FR00003B/24

9 791038 115170